Histórias Perversas do Coração Humano

Milad Doueihi

Histórias Perversas do Coração Humano

Tradução:

Marcus Penchel

Jorge Zahar Editor
Rio de Janeiro

Para Wilda, com todo o meu amor

Título original:
A Perverse History of the Human Heart

Tradução autorizada da edição norte-americana, publicada em 1997 por Harvard University Press, e da edição francesa, publicada em 1996 por Éditions du Seuil, na coleção Librairie du XXe siècle, dirigida por Maurice Olender

Jorge Zahar Editor Ltda.
rua México 31 sobreloja
20031-144 Rio de Janeiro, RJ
tel.: (021) 240-0226 / fax: (021) 262-5123
e-mail: jze@zahar.com.br

Capa: Carol Sá e Sérgio Campante

CIP-Brasil. Catalogação-na-fonte
Sindicato Nacional dos Editores de Livros, RJ

Doueihi, Milad

D767d Histórias perversas do coração humano / Milad Doueihi; tradução, Marcus Penchel. — Rio de Janeiro: Jorge Zahar Ed., 1999

Tradução de: A perverse history of the human heart
Inclui bibliografia
ISBN 85-7110-515-4

1. Coração na literatura. 2. Canibalismo na literatura. 3. Literatura - História e crítica. I. Título.

CDD 809.93355
99-0885 CDU 82-95

Sumário

Acima de tudo, guarda o teu coração,
pois ele é a fonte da vida.
PROVÉRBIOS 4:23

Introdução

> Num jantar em casa de Sossius Senécio suspeitaram que eu fosse adepto das crenças órficas e pitagóricas e de considerar o ovo um tabu, como alguns consideram o coração e o cérebro, por achar que é o primeiro princípio da criação. Então Alexandre, o epicurista, recitou de zombaria: "Ora, comer feijão é o mesmo que comer a cabeça dos próprios pais." É que essa gente chama os ovos de "feijões" (*kuamoi*), trocadilho com gravidez (*kuesis*), e acha que comer ovos não difere de se alimentar das criaturas que os produzem.
>
> PLUTARCO, *OBRAS MORAIS*

Este livro conta *estórias* e parte da história do coração humano desde a Grécia antiga até o início dos tempos modernos. Investiga assim as várias representações culturais da condição e função do coração humano em uma série de textos mitológicos, teológicos e literários. Na maioria dos textos que examinei, o coração não é visto apenas como um órgão único e privilegiado do corpo humano, mas também com freqüência transformado, por vezes de forma brutal e violenta, em objeto comestível, ingerido pela(s) pessoa(s) que mata(m) a vítima ou, mais comumente, ofertado em repasto, de forma disfarçada, a uma terceira.

O que tem o coração de tão simbólico e poderoso que o torna oferenda assim atraente e perversa? O que há de tão especial no coração que permite transformá-lo em repasto? Que características próprias cardíacas informam os mecanismos de substituição e identificação envolvidos no gesto de ofertar o coração humano como alimento do homem? Por fim, como desvendar as mutáveis representações do coração na sua infeliz jornada de órgão central do corpo humano a algo que é comido e consumido por esse corpo?

Para começar a responder algumas dessas questões, convém traçar sumariamente a história do coração e seu lugar nas literaturas mitológica, filosófica e médica da Grécia antiga. Assim, farei um breve levantamento das representações do coração em alguns textos gregos e em seus descendentes cristãos e medievais, examinando em seguida um antigo conto egípcio que, pelo menos ao que eu saiba, é a primeira composição literária a envolver o coração humano numa mescla de sensualidade, morte, renascimento e regeneração – temas que retomarei ao longo de todo o livro.

Um órgão como nenhum outro

Nas teologias órfica e pitagórica o coração está no coração mesmo da proibição de se comer carne. Também ocupa uma posição única e privilegiada em suas teorias do renascimento e regeneração da alma. Diz Plutarco:

> As almas humanas estão aprisionadas em corpos mortais como castigo pela matança, a ingestão de carne animal e o canibalismo. Essa doutrina parece, no entanto, ainda mais antiga, pois as histórias falam do sofrimento e desmembramento de Dioniso, dos ultrajes que os Titãs lhe infligiram e do castigo que receberam, fulminados por um raio, depois de provar o seu sangue. Trata-se de um mito cujo significado intrínseco tem a ver com o renascimento. Pois à faculdade irracional, desordenada e violenta que temos em nós e que não vem dos deuses mas dos espíritos malignos os antigos deram o nome de Titãs.[1]

Assim, na origem da valorização órfica e pitagórica do coração encontramos a história do sacrifício do menino Dioniso. Os Titãs, primeiras criaturas da terra, raptam o menino Dioniso. Depois, matam-no, desmembram-no, fervem e assam sua carne tenra e comem o jovem deus. Mas, antes de consumirem o coração, são mortos por um raio de Zeus. E o deus renasce, regenerado a partir do coração.

A história do sacrifício e desmembramento de Dioniso representa o mal que é comer carne animal ou humana e serve de fundamento para os regimes alimentares adotados pelos órficos e pitagóricos. Além disso, o episódio dos Titãs ressalta o que poderíamos chamar de poderes geradores figurados do coração. A proibição de comer carne animal, um exemplo de canibalismo para os órficos e pitagóricos, encontra base e justificação nos poderes geradores do coração de Dioniso. O mais importante para nós é a identificação do coração como termo chave para uma série de proibições e regulações alimentares que definiam a relação do homem com o seu corpo e com os deuses. Devorar o coração equivale a eliminar qualquer possibilidade de regeneração. Pois o coração é um órgão de extraordinária inteligência e, como tal, fonte e princípio da vida.

A crença na singularidade da condição do coração humano não se limita aos sistemas órfico e pitagórico. Na verdade, estende-se à cultura grega em geral. Em sua obra *Sobre o movimento dos animais*, Aristóteles fornece talvez a mais acabada versão de até onde chegam os poderes figurados do coração. Para ele, o coração não é apenas a origem e centro da vida, mas também a metáfora e analogia condutoras da vida e da estrutura da própria *polis* (cidade):

> É claro que todos os animais têm um sopro (*pneuma*) inato e daí extraem sua força ... Esse sopro parece ter com a origem das atividades vitais uma relação similar àquela que tem com o imóvel aquele ponto das articulações que comunica movimento ao ser movido. E uma vez que a origem de alguns animais localiza-se no coração e a de outros em alguma parte análoga, é claro que o sopro inato também está lá ... Devemos considerar a organização de um animal semelhante à de uma cidade bem governada pelas leis. Pois, uma vez estabelecida a ordem numa cidade, não é preciso um monarca isolado para presidir a cada atividade: todos os homens realizam o trabalho que lhes é designado e uma coisa segue a outra segundo o costume.[2]

O coração, em Aristóteles, é a base e analogia fundadora da vida em geral, tanto do ponto de vista biológico quanto político.

Esse motor mecânico que anima o corpo e torna possíveis todos os movimentos é também um modelo arcaico da organização em geral. Graças à sua centralidade, o coração participa de uma série de ordens e domínios, do biológico ao mitológico, do político ao fisiológico. Da narrativa que descreve a morte e renascimento do jovem Dioniso aos textos de biologia que situam o órgão no centro da vida, o coração exerce a função de centrar e estruturar os discursos teóricos voltados para a análise de uma variedade de manifestações da vida. Como tal, fornece os instrumentos conceituais básicos com os quais são articuladas e organizadas certas concepções da vida. O coração, portanto, é que garante as formas de intercâmbio que tornam esses discursos possíveis e inteligíveis.

Luto impossível

Meu interesse maior nos textos que examino em detalhe neste livro é a interseção de canibalismo e coração. O ato de canibalismo descrito na maioria desses textos segue, ademais, uma estrutura codificada básica que explora o simbolismo das dimensões sociais da refeição, o ato de comer e partilhar a comida. Para apreciar integralmente as implicações desse desdobramento narrativo da refeição, é necessário discutir as dimensões antropológicas e religiosas da refeição coletiva, suas variações e costumes diversos. Nesse sentido, o festim titânico com o corpo desmembrado de Dioniso constitui uma das narrativas fundadoras que informam o desenvolvimento das histórias de corações devorados. Quais são os elementos básicos que atuam nessas perversas refeições coletivas e como se relacionam aos atos mais convencionais da alimentação em conjunto?

As sociedades humanas se definem e caracterizam em larga medida pelo que comem e o que não comem. Além disso, a maneira específica e característica de preparar a comida constitui uma forma bem marcante de identificação de qualquer grupo social. A alimentação ritualizada, nas suas inúmeras manifestações sociais e de culto, transcende a mera necessidade de alimento e faz da refeição (ou qualquer reunião em torno da comida) uma ocasião simbólica significativa que demarca fronteiras e modos comunitários de identificação e distinção. Se o ato de comer em si mesmo não esgota o potencial simbólico da refeição, a linguagem ou, mais precisamente, a comunicação desempenha um papel crucial na estrutura do ritual de comer. O conceito de refeição à mesa é, por assim dizer, uma reunião institucionalizada que serve para isolar um espaço e uma hora em que a conversa e a alimentação convergem e se entrecruzam. A refeição ao redor da mesa é o reconhecimento de que comer e falar são duas formas de expressão e comunicação afins, duas linguagens separadas que podem se unir e se substituir mutuamente.

Um caso em que podemos notar o intercâmbio comida-linguagem é o da ceia funerária. Com efeito, uma das principais funções da ceia funerária não é simplesmente lembrar o morto, mas poder lembrá-lo como morto. Em outras palavras, os sobreviventes que se reúnem para partilhar a ceia após o enterro do morto identificam a própria sobrevivência – isto é, a diferença crucial entre eles e aquele que morreu – comendo juntos, colocando comida no estômago, enquanto o morto foi enterrado no estômago da terra. Assim, nesse sentido, a comida ou o ato de comer junto vira uma maneira de marcar a diferença entre aqueles que podem comer juntos e aqueles que já não podem mais comer, entre os que continuam a comer juntos e aqueles que foram comidos pela terra.[3] A funcionalidade da oposição entre as duas refeições decorre do desejo de separar os vivos e os mortos. Mas e se a motivação por trás dessa ceia – e será esse o caso na maioria das histórias que analisaremos – for de fato reunir vivos e mortos sob o pretexto e o disfarce da alimentação? E se a força motriz por trás da ceia for precisamente o desejo de abolir a possibilidade do luto, oferecida aos sobreviventes pela reunião, dissimulando a morte sob a capa do alimento? Nesse caso, somos forçados a aprofundar a nossa definição e análise da "incorporação", das diferentes maneiras de introduzir objetos e palavras no corpo.

Em termos psicanalíticos, a "incorporação" que nos interessa aqui é melhor entendida na sua oposição a "introjeção", uma e outra oferecendo ao sujeito formas de lidar com a experiência da perda ou da morte de um ente amado.[4]

Introjeção, como indica a etimologia, significa lançar dentro. No sentido técnico, denota a impossibilidade de articular e admitir explicitamente uma perda radical e a conseqüente incapacidade de expressar em palavras a experiência dessa falta essencial. A linguagem introjetada é portanto a negação de uma lacuna fundamental sentida pelo sujeito ao ponto de consistir na articulação frustrada de uma experiência que o sujeito situa fora da possibilidade de nomeação e representação figurativa. A introjeção engendra, ao contrário, um processo de figuração pelo qual se produz através de representações lingüísticas uma substituição destinada a permitir uma produção discursiva significativa e inteligível. Em suma, a introjeção permite que se opere o trabalho "normal" do luto, do lamento. Mas nos casos em que esse trabalho é obstruído ou suprimido, surge a incorporação e substitui os efeitos normalizadores da introjeção. Em outras palavras, a incorporação constitui o limite e o fim da introjeção. A radical dualidade que funda a introjeção, isto é, a ausência de identificação com o objeto do luto ou lamento, explica suas qualidades ilusórias e artificiais e indica sua natureza secreta. O fracasso da introjeção provoca o trabalho de incorporação como produção de uma proliferação discursiva que permite a comunicação. Resumindo, a incorporação transforma o símbolo morto e inoperante em símbolo ativo. Torna possível à pessoa morta ou ausente falar e estar presente. E assim nega a necessidade do luto ou lamentação, uma vez que o morto volta a viver.

Essa negação da perda ocorre, no entanto, apenas até certo ponto, porque o fantasma da incorporação é estritamente um assunto privado, quase mudo, envolvendo o sujeito e suas representações imaginárias da sobrevivência de um objeto de amor perdido. Sua motivação geradora vem do próprio sujeito, da recusa do sujeito em aceitar a perda efetiva ou o desaparecimento do objeto desejado. A linguagem ativada pelo fantasma da incorporação é, portanto, cega e cegante. Cega porque procura ocultar do próprio sujeito o segredo que carrega, de modo a apoiar e manter a especificidade e autonomia do objeto incorporado. E cegante pelo esforço de camuflar sua inerente fraqueza e fragilidade constitutiva, assim como a suspeita do sujeito em relação a metáforas e ao discurso figurado em geral, suspeita que dá lugar a um singular discurso o mais das vezes eloqüente que visa a evitar as armadilhas da figuração. A linguagem do segredo, a que se fala a partir de uma posição secreta, é necessariamente uma linguagem secreta. Os efeitos inconscientes do ato de incorporação transformam o discurso do sujeito num discurso privado, beirando o silêncio, embora continuamente assombrado pelo medo que tem o sujeito da nudez e exibição pública de palavras. Tal discurso é em última análise um discurso incontrolável por causa dos controles absolutos e contraditórios que lhe são impostos e que o levam a degenerar numa "tagarelice" ritualizada e altamente codificada. Entre o silêncio utópico e as palavras efetivas, o sujeito traça de forma irresistível um esboço, um esquema do elemento estranho que invadiu e transformou seu espaço mais pessoal. Aquele que fala, no caso do fantasma da incorporação, profere assim palavras que são suas mas que também não o são, palavras que em última análise pertencem a um outro que não pode ser reconhecido ou nomeado porque sumiu, desapareceu de uma vez por todas sob a sua própria pele. O fantasma da incorporação reitera de má vontade a perda que se esforça tanto em negar. A ceia funerária, por outro lado, por ser antes e acima de tudo uma reunião coletiva, sustenta uma estrutura que torna possível reconhecer e aceitar, no quadro de uma comunidade definida e caracterizada pela língua e pela comida como modalidades de troca e marcos de fronteiras, a morte e o desaparecimento deste mundo de um membro dessa comunidade. Enquanto a incorporação convida ao segredo e força o indivíduo a retirar-se da comunidade, a ceia funerária torna pública a perda e identifica cada indivíduo como membro de um grupo vivo. A ceia funerária funciona assim como uma medida preventiva eficaz de antiincorporação.

Nesse sentido, as histórias de coração devorado produzem uma curiosa inversão da dinâmica e caráter central da ceia funerária. Fazem isso ao exibir o poder efetivo de um desejo decidido a pôr fim à exibição de luto, desejo que no seu esforço fundamental leva diretamente a uma incorporação forçada e secreta, uma incorporação literal que traz de volta consigo o caráter original negado pelo luto já em curso. A questão levantada pelos nossos perturbadores contos parece ser, à primeira vista, bem simples: o que acontece quando alguém é levado, sem saber, a devorar uma parte do corpo da pessoa que ama? Em outras palavras, o que acontece quando o sujeito, em vez de celebrar sua sobrevivência e aceitar a perda ensaiando uma versão de ceia funerária, é levado a comer o coração do ser amado, morto e enterrado? A principal configuração exibida por essas questões aponta para as íntimas conexões entre a organização narrativa do conto e a função da ceia funerária, assim como a severidade do deslocamento e reorientação envolvidos nessa forma ritualizada e convencional de luto no conto. Assim, na maioria dessas narrativas, o ato de dar de comer o coração precede e prepara a revelação da morte (e assassinato) do ser amado e, por conseguinte, o coração assume uma significação diferente. Nesses casos, o marido é o assassino do amante e dar de comer à mulher o coração do amante é sua vingança extrema, que equivale à divulgação do seu ciúme e a uma retaliação pela traição da mulher.

Em todos os exemplos, no entanto, o desejo por trás desse tipo de "incorporação forçada" é um desejo impulsionado pela vontade cega de desencadear uma encenação da perda real já ocorrida, de modo a articular e confirmar seu próprio status e posição com respeito ao objeto destacado e assimilado. A motivação para esse violento ato de perversa projeção decorre da irrefreada vontade do sujeito de ocupar, ainda que em circunstâncias um tanto diferentes, a mesma posição do amante morto, antes e após a sua morte. O que funda e sustenta a violência dessa alimentação forçada é o esforço de guiar e controlar uma operação de efetiva incorporação com a qual esse sujeito todo-poderoso está em última análise comprometido. Esse objetivo secreto daquele que alimenta à força requer um cenário no essencial duplamente fictício que permitiria sua emergência não detectada. A ficção necessária aqui apóia-se na condição figurativa do coração e no aparato paralelo que permite sua dupla instalação e transferência do corpo para o sepulcro e daí de novo para o corpo. A rede de relações que descrevo aqui vira o jogo entre o sentido figurado e o literal, entre o visível e o oculto, e inverte a economia figurada generalizada que anima os investimentos simbólicos do corpo e suas várias representações em termos de comida e discurso. O corpo é o corpo do amante morto, o corpo da mulher como esposa e como amante do morto; o corpo é também o corpo dos textos mais antigos, o corpus sobre o qual opera cada conto. E é precisamente por causa da opressiva centralidade das tensões e conflitos subjacentes à ativa manifestação figurativa e da maneira precisa, simples e poderosa com que cada narrativa explora isso que cada história é tanto a culminação de uma antiga tradição como uma nova configuração dessa tradição. Para revelar essa relação crucial e decisiva com a tradição em todas as suas implicações é necessário proceder a uma análise cuidadosa e detalhada dos elementos constitutivos do ardil e representação explorados nas narrativas.

O fantasma da incorporação, como vimos, depende de um sistema referencial secreto e privado que esvazia, se é que não elimina totalmente, a estrutura referencial convencional que informa o discurso figurado. A ceia funerária, por outro lado, institui a comida e as condições específicas para a sua assimilação como veículo de um código coletivo e comunitário através do qual tanto a vida como a morte podem ser representadas na sua proximidade e diferença cruciais. Por exemplo, uma novela do século XVII, *O coração devorado*, de Jean-Pierre Camus, tenta por assim dizer, na sua impressionante relação com a tradição narrativa do coração devorado, seguir uma linha pouco distinta entre esses dois polos, entre o total e desesperado abandono do sentido figurado e a rendição a uma economia generalizada do referencial. Uma maneira de procurar as diferenças entre a incorporação e a falsa incorporação e as operações concomitantes que envolvem uma forma de assimilação (de um outro, de outro texto e assim por diante) é estabelecer os modos de dispor posições e enunciados dos participantes ou agentes em cada cenário e a conseqüente distribuição de responsabilidade e suas representações. No caso do fantasma da incorporação, o sujeito fala a linguagem do outro. Ele fala, a partir da posição desse outro, uma linguagem destinada a proteger o segredo daquilo que o próprio sujeito não se pode permitir reconhecer na sua condição presente. Esse primeiro modo responde em larga medida pela relação de Camus com suas fontes, com textos que são difíceis de encontrar, enterrados em livros hoje inacessíveis. Por exemplo, a pretensão de Camus de divulgar certos textos de forma revista é, como veremos, uma artimanha, uma ficção, com a qual efetivamente apaga as pegadas do que seu texto quer representar. A ceia funerária, por outro lado, torna possível uma linguagem que expressa o laço comum entre os sobreviventes ou membros de uma comunidade. Sua linguagem é uma linguagem de distanciamento e separação por tentar identificar e anunciar a divisão entre os consumidores de comida e aqueles que a terra consumiu.

No *Coração devorado*, de Camus, por exemplo, a ingestão do coração do amado morto apresenta as duas dimensões conflitantes representadas pela incorporação e a ceia funerária. O corpo da mulher é tanto o secreto esconderijo do órgão que representa o amado ausente como seu local final de repouso. A inteligibilidade dessa estrutura que identifica o corpo da mulher com a sepultura (e, como veremos, com o próprio texto do conto) decorre de sua concentração nas modalidades da troca lingüística em cujos termos os agentes da narrativa se definem e estabelecem sua especificidade. O que informa e investe o ato de substituição do coração por comida e amor e/ou ciúme é uma certa disposição que privilegia o coração como peça central do mecanismo de deslocamentos que governa toda a organização da narrativa. Dito de outra forma, o coração está na interseção entre o sentido figurado e o literal, o corpo e suas paixões, a comida e o discurso. O coração funciona como o princípio e o mecanismo que é o suporte de vida da disposição figurativa peculiar necessária à materialização dessa perversa alimentação forçada. Voltando ao nosso ponto de partida, aquele que alimenta à força ocupa uma posição similar à dos Titãs. Mas em vez de comer ele mesmo a carne humana, faz sua mulher comer o coração disfarçado do amante, e a regeneração de Dioniso é reproduzida nos nossos contos pela morte da mulher e seu encontro com o amante morto.

A perturbadora questão do canibalismo no coração do mito dionisíaco foi hoje ligeiramente deslocada para um contexto diferente. A oposição entre aqueles que comem carne e aqueles que dela se abstêm é agora substituída pela oposição entre aqueles que são levados a comer carne humana e aqueles que conscientemente os forçam a fazê-lo. O sacrifício de Dioniso torna-se, nos nossos contos, o ambíguo e ambivalente substituto do coração do amante morto e todas as suas conotações conflitantes. Passamos do mundo dos deuses para o mundo dos homens, dominado pelo ciúme e a sexualidade. Passamos de um mundo em que o assassinato, sacrifício e renascimento do deus ditam algumas das maneiras que os homens escolhem para viver e se relacionar entre si e com o mundo natural, identificando-se e distinguindo-se pelo que comem e o que se recusam a comer, para um mundo de ficção e poesia em que os seres humanos, sobretudo mulheres, são levados a comer a carne e o coração dos amantes mortos e assassinados.

Conto dos dois irmãos

Anterior à história do assassinato e desmembramento de Dioniso pelos Titãs, há outra mais antiga que combina a dimensão mitológica do sacrifício do jovem deus às tensões e conflitos causados pelo ciúme e pelo desejo sexual. O *Conto dos dois irmãos*, como é conhecido, vem da antiga literatura egípcia.[5] É uma história única em parte porque nos chega notavelmente bem preservada no papiro D'Orbiney e também porque nos apresenta uma narrativa complexa e sutil que combina a descrição e análise psicológica e sociológica com uma forte dose de desenvolvimento mitológico. É assim um excelente texto para nos introduzir no rico e violento universo do coração e suas representações culturais e de culto.

O conto começa como simples narrativa da história de conflito e inveja entre dois irmãos e passa então lentamente ao domínio reservado aos reis e deuses. Ao longo vai desdobrando um conjunto de representações centrado no coração que invoca sexualidade, morte, renascimento e regeneração. Os dois irmãos inicialmente não têm nome. Vivem juntos e trabalham no campo. Um dia, a mulher do irmão mais velho tenta seduzir o mais novo, que rejeita suas propostas sexuais. Ela então passa a acusá-lo falsamente de tê-la violentado, assim trazendo o conflito para a felicidade do lar. Quando o irmão mais novo descobre que o mais velho está tentando matá-lo, decide deixar a casa. O mais velho persegue o mais novo até chegarem a um lugar onde são separados pelas águas, graças à intervenção do deus Pre-Harakhti. A separação dos dois irmãos permite ao mais jovem gritar para o mais velho do outro lado:

> Então o jovem repreendeu o mais velho, dizendo: "Como é que você me persegue e tenta equivocadamente me matar, sem ter ouvido a minha versão? Porque ainda sou o seu irmão mais novo e você é como um pai para mim e sua mulher é como uma mãe para mim. Assim, quando fui pegar grãos para nós, sua mulher me disse: 'Venha, vamos nos deitar, passar uma hora juntos?' E você acabou achando outra coisa." Então contou o que de fato aconteceu entre ele e a cunhada. E, jurando em nome de Pre-Harakhti, disse: "Vir me matar é um erro, você retesou a sua lança confiado no testemunho de uma prostituta asquerosa!" Então pegou uma faca de bambu, cortou o próprio pênis e jogou-o na água; o bagre engoliu-o. Foi então ficando fraco, debilitado. E o irmão mais velho ficou muito aflito, chorando alto por ele ... Então o irmão mais jovem chamou-o: "... Vou para o Vale do Pinho. O que você tem que fazer é ir cuidar de mim se souber que algo me aconteceu. Vou arrancar meu coração e colocá-lo no topo da floração do pinheiro. Se o pinheiro for cortado e cair ao chão, você virá procurar meu coração." ... Então ele foi para o Vale do Pinho e o irmão mais velho foi para casa, mãos na cabeça e coberto de poeira. Ao chegar, matou a mulher, lançou seu corpo aos cachorros e sentou-se a chorar pelo irmão mais novo. (206-7)

Da ameaça de incesto à emergência integral da presença mitológica dos deuses Anubis (o irmão mais velho) e Bata (o irmão mais novo), o *Conto dos dois irmãos* coloca uma das associações mais fundamentais entre sexualidade e identidade nas funções simbólicas do coração. A autocastração de Bata, seu gesto extremo de lealdade para com o irmão mais velho, acompanha sua exteriorização do próprio coração como plena representação de si mesmo, como um substituto completo da sua identidade e das suas ações. A posição do coração reflete diretamente a situação e condição de Bata, apesar do fato de ter sido arrancado do corpo, separado do seu organismo. O coração, órgão central do corpo, conserva na sua dimensão mitológica os plenos poderes como principal indicador e representação da vida. Pois no Egito antigo o coração está no centro da vida, das emoções e da sobrevivência antes e depois da morte.[6] Além do mais, separado do corpo, o coração conserva a vida e o poder de manter suas íntimas relações com o princípio vital do corpo. Em outras palavras, o coração é uma condensação da vida e sua representação metafórica última. É tanto o sinal como a assinatura da vida e seu agente. Outro detalhe interessante e altamente significativo para nossos propósitos é a implícita relação entre o coração e o falo, entre o coração como órgão que dá nome à vida e o falo como órgão da sexualidade masculina. O ato de autocastração de Bata acompanha e em certa medida explica sua separação do coração, pois o coração já é plenamente investido do poder de representar a paixão e sua extensão física. Essa íntima interseção e entrelaçamento do princípio vital com os domínios sexual e emocional cria a estrutura fundamental subjacente às diferentes e por vezes opostas apropriações do coração que encontraremos em textos posteriores.

Mas a história de Bata não termina com a sua separação em relação a seus órgãos vitais. Anubis, o irmão mais velho, leva três anos procurando pelo irmão mais novo:

> Quando amanheceu e um novo dia chegou e o pinheiro tombou, Anubis, o irmão mais velho, entrou em casa. Sentou-se para lavar as mãos. Deram-lhe uma jarra de cerveja, que fermentou. Recebeu outra, de vinho, que azedou. Então pegou seu cajado e suas sandálias, suas roupas e suas armas e começou a jornada para o Vale do Pinho. Entrou na mansão do irmão mais novo e encontrou-o morto no leito. Chorou quando viu seu corpo. Foi procurar o coração do irmão debaixo do pinheiro sob o qual dormira à noite. Passou três anos procurando por ele, sem encontrá-lo. Quando o quarto ano chegou, seu coração ansiava em voltar para o Egito e ele disse: "Partirei amanhã." Assim falou no coração. Ao amanhecer e chegar um novo dia, foi andar sob o pinheiro e passou o dia procurando [o coração do irmão]. Quando voltou à noite, procurou de novo e encontrou uma baga. Regressou com ela e era o coração do irmão mais novo! Pegou uma vasilha de água fria, colocou nela o coração e sentou-se, como era seu costume fazer todo dia. Então o coração reassumiu o seu lugar e o irmão voltou a ser como era. Aí eles se abraçaram e conversaram. (208-9)

Aqui, mais uma vez, o coração é o lugar não apenas da vida, mas também da regeneração e renascimento do ausente. É evidente que no contexto dessa narrativa o ambiente rural e a ênfase geral na interação terra-água parcialmente explicam a valorização mitológica do coração como meio e agente de regeneração. O renascimento de Bata é precedido por um curioso momento no texto que faz a comunicação, a articulação discursiva de sentimentos e decisões, entrar e passar pelo coração ("Assim falou no coração"). É como se as relações entre os dois irmãos, desde o conflito inicial e o aparecimento do coração como seu meio de comunicação, só pudesse agora ter lugar no coração. Os dois deuses se comunicam e relacionam nos e por meio dos corações. Os pensamentos interiores de um trazem de volta e revivem o outro graças ao seu coração. O que é aqui uma relação puramente mitológica vai se tornar mais tarde a base da amizade e sua idealização.

O *Conto dos dois irmãos*, um dos mais antigos documentos literários que possuímos no qual o coração desempenha um papel central, desdobra e explora todas as funções e variações figurativas do coração que encontraremos nos capítulos seguintes: desde lugar da comunicação até sítio do princípio vital e de regeneração e, em última análise, local onde ocorrem ao mesmo tempo as paixões, emoções, sexualidade e morte. O coração é o órgão e símbolo das manifestações mais básicas porém cruciais manifestações da vida.

UM

O engodo do coração

E assim como morremos em Adão pela gula, recobraremos vida pelo sabor do Cristo: "assim como de onde surgiu a morte daí ressurgirá a vida".

JACQUES DE VITRY, *DE SACRAMENTIS*

Uma galinha nunca se apaixonou por um capão.

LITTRÉ, *DICTIONNAIRE*

Na tradição judaico-cristã, o gesto que inaugura a Queda e a subseqüente separação entre o homem e o Deus Criador é representado pela ingestão do fruto da árvore do conhecimento. A expulsão do paraíso, a descoberta pelo homem de suas limitações e de sua condição humana – em suma, o momento fundador da comunidade humana – decorre diretamente de ter desobedecido a proibição de comer a maçã, da transgressão que isso representa. Nesse caso exemplar, o ato de comer opera como uma ruptura e um laço unificador. De fato, comer a maçã funciona como um ato que "abre o olho", porque leva diretamente à revelação da nudez e fragilidade do corpo humano e inscreve a Queda em termos da mortalidade e sexualidade humanas.[1] Comer o fruto proibido equivale a perder o escudo protetor fornecido pelo Criador, escudo que é com efeito um véu que cobre o corpo e suas seduções intrinsecamente tentadoras e perigosas, assim como suas inadequações. A perda desse véu mostra ao primeiro homem e à primeira mulher o espetáculo da sua nudez e diferença sexual.

Na narrativa bíblica, o ato de comer e a sexualidade partilham uma base e origem comuns ou, mais especificamente, através de seu aparecimento e convergência mútua eles marcam um momento originário definido pela separação e distanciamento da própria origem. Esse encontro inicial da sexualidade e do ato de comer no momento da Criação e da Queda bíblicas desempenhou um papel decisivo na definição e elaboração do discurso teológico sobre a questão sexual. O gosto da maçã inicia assim o homem na ordem da sexualidade e da mortalidade, uma ordem fundada na transgressão e na conseqüente delimitação do domínio humano como ruptura e perda do originário e do original.[2]

O cristianismo enfatiza a importância desse ato originário de comer a maçã pelo papel único e privilegiado que ele reserva à Eucaristia e seus poderes de redenção. É como se o único antídoto efetivo às implicações negativas e desastrosas do ato de comer a maçã só pudesse vir de outro ato de comer, no caso a mágica e misteriosa ingestão do corpo de Cristo. Comer a maçã representa uma separação e alienação decisivas em relação à ordem divina e à perda da condição original da criação. A Eucaristia, no seu significado teológico pleno, recupera o homem perdido e o reintroduz no corpo divino originário. Assim, na interpretação cristã da narrativa bíblica, comer a maçã e a Eucaristia representam dois momentos opostos mas complementares de ruptura e reunião.[3] A Eucaristia perfaz o desfecho (narrativo) da abertura inaugurada pela primeira e decisiva transgressão, o primeiro ato de comer o fruto proibido. O itinerário esboçado por esses dois momentos exemplares de assimilação e recuperação registra a distância infinita que separa o corpo divino e o humano e sua corporalidade fundamentalmente diferente. Mas também registra uma certa contaminação, uma forma de inevitabilidade e necessidade que dita uma repetição da transgressão humana no ato que pretende recuperá-la e neutralizá-la. Essa contaminação reproduz, em certo sentido, as condições da criação original e conseqüentemente identifica a origem como fonte de contágio ou como agente contaminador. A criação da mimese pede uma recriação mimética, um renascimento mimético no corpo místico de Cristo; requer uma repetição da queda como sexualidade e mortalidade sob a forma de uma problemática dualidade do desfecho daquela queda.[4] Essa dualidade é mais claramente ressaltada pela forma peculiar e problemática de "comer" que é a Eucaristia, um corpo invisível que emerge como tal através de uma metáfora mágica e dos poderes da linguagem.

Essa narrativa fundadora e exemplar levanta questões difíceis e complexas e uma plena discussão iria além do alcance deste capítulo. Volto-me agora para algumas observações sobre as relações entre o ato de comer e a sexualidade e alguns modelos de troca e substituição que apóiam e desdobram a alegoria da comida e do ato de comer. Começarei com uma interpretação do *Lai d'Ignaure*, um poema do século XIII.[5]

O *Lai d'Ignaure* conta a história trágica da vida e morte de um cavaleiro, Ignaure, e seus amores. Residente no castelo de Riol, ele se apaixona pelas doze damas casadas que também vivem lá com os maridos. Um dia, as damas decidem fazer um jogo; escolhem uma delas para fazer o papel do padre ao qual todas as demais confessarão o nome do amante secreto. Uma após outra, as nobres damas nomeiam Ignaure como seu amante. Após a revelação da identidade do amante secreto único, as damas decidem vingar seu amor e planejam uma armadilha para Ignaure. Todas consentem em participar no que promete ser uma vingança cruel e horripilante. Chega finalmente o dia em que Ignaure é pego na armadilha, cercado por doze mulheres iradas e armadas de facas afiadas. Mas em vez de encontrar a morte, Ignaure, graças à sua beleza e inteligência, consegue assumir o controle da situação. Primeiro ele confessa seu amor igual por todas as damas e então é forçado a escolher uma delas. Escolhe a dama que fez o papel do padre e que propôs a solução para o dilema. Não muito depois disso, um informante descobre o segredo de Ignaure e conta toda a história aos maridos, que por sua vez decidem tirar também a sua vingança. Um dia pegam Ignaure com a dama escolhida e o colocam numa cela do castelo. Após alguma deliberação, os maridos decidem dar de comer às esposas o coração e o pênis de Ignaure. Quando são informadas do destino de Ignaure e do que os maridos fizeram, as mulheres param de comer e morrem.

O *Lai d'Ignaure*, um texto do começo do século XIII e uma das primeiras narrativas da lenda do coração devorado, exibe uma notável sofisticação na sua recapitulação do que se poderia chamar bagagem figurativa ou história do coração. Um detalhe importante e altamente revelador é o fato de que o marido, em todas as versões da lenda do coração devorado, nunca é um canibal. O marido nunca é tentado a consumir o coração do rival num momento louco de raiva e desprazer. O marido (ou o agente que chamarei de alimentador à força) compreende muito bem a necessidade de manter a aparência da possibilidade de uma volta ou recuperação dos órgãos transformados e disfarçados que dá de comer à mulher como sendo dele, uma vez que deseja ver seu próprio coração "devorado" pelo amor pelo qual anseia. Aquele que alimenta à força assim nunca se junta à refeição e, se o faz, não come o coração do rival. Porque a antropofagia não é a questão crucial para o marido. O canibalismo é sempre disfarçado, em parte neutralizado e naturalizado pela simulação e o poder representativo da comida e os enfeites e aromas culinários. Em outras palavras, a assimilação do rival pelo marido é necessariamente mediada, imaginária e fantasmagórica. Essa assimilação reduz o corpo da mulher, o corpo desejado, o corpo de um desejo impossível e conflitante, a um mero parque de diversões, um *playground*, uma tela oculta e interiorizada sobre a qual o marido exerce uma absoluta violência. Aquele que alimenta à força introduz em última análise seu próprio corpo no corpo da mulher desejada sob o disfarce dos órgãos mortos do amante dela e como aniquilação e absoluta destruição daqueles órgãos. A dupla e paradoxal assimilação envolvendo o marido e o amante morto sobredetermina o coração e o falo e extrai o poder de representação desses órgãos de uma tradição literária e cultural específica. Este texto também define uma problemática relativamente nova para sua encenação da narrativa da forma em que se recupera e se distancia de uma série de textos anteriores cujo objetivo primário parece ser a representação do coração como elemento central numa configuração ritual ou de culto. Assim, parece adequado a esta altura discutir sumariamente a configuração dionisíaca do coração e algumas das suas implicações culinárias.

Cor ne edito (não coma o coração): a proibição pitagórica absoluta está no centro de inúmeras representações culturais que, pelo menos até os grandes neoplatônicos, nomeavam e definiam o coração como o local e órgão paradigmático que incorpora o fundamento intelectual de práticas de dieta, culto e religião. Também identifica uma narrativa violenta e sacrificial na origem daquelas práticas e representações. A história é bem conhecida mas vale a pena recontá-la. Os Titãs, primeiras criaturas da Terra, raptam o menino Dioniso. Antes que possam sacrificar o jovem deus, têm que levá-lo a fazer um sinal visível de consentimento, um gesto necessário no código grego de sacrifícios. Eles lhe dão comida e brinquedos, mas inutilmente. Por fim, dão-lhe um espelho embaçado.[6] Incapaz de se reconhecer no vago e distorcido reflexo produzido pelo espelho, ele inclina a cabeça em busca da própria imagem e identidade. Essa busca, nos seus movimentos e gestos reveladores, é interpretada pelos Titãs como seu consentimento em ser sacrificado. Eles matam e desmembram Dioniso, cozinham e assam sua carne e se banqueteiam com ela. Mas, antes de comerem o coração, Atena informa Zeus do sacrilégio deles e Zeus destrói os Titãs com um raio e volta então para a Terra. O deus é regenerado e renasce do próprio coração preservado.[7]

Esse episódio central no corpus dionisíaco órfico e pitagórico liga a morte violenta, o sacrifício, o desmembramento e o renascimento ao não reconhecimento e perda da identidade e à conseqüente diversidade e multiplicidade que tal perda produz. Ela situa a emergência e confirmação da identidade em um estado prévio de perda ou confusão e distorção do corpo e de suas conseqüentes e necessárias fragmentação e dispersão. Os laços entre o corpo desmembrado e a identidade que o habita são reforçados pela violência. Com efeito, parece que pelo menos no caso de Dioniso a identidade constituinte é gerada pelo violento desmembramento. Pois o coração é órgão de extraordinária inteligência e, como tal, principal fonte da vida. De acordo com Filo de Alexandria, o coração "toma forma antes do resto do corpo, assim como os alicerces de uma casa ou a quilha de um navio. E dizem que o coração ainda palpita após a morte, de modo que desaparece por último e é o primeiro a aparecer".[8] Para os pitagóricos, a privilegiada condição do coração, especialmente na sua função de origem e organizador da vida humana, ressalta sua analogia com o esperma, a outra fonte principal da vida humana.[9] Segundo Detienne, pensa-se no esperma exatamente da mesma maneira que no coração. O mais importante, no que nos interessa, é a identificação do coração como chave para uma série de proibições e regulações alimentares que definiram a relação do homem com o seu corpo e com os deuses. O coração de Dioniso, na sua sobrevivência simbólica e nos seus poderes regenerativos, torna-se a representação paradigmática de um momento originário em que tudo converge, vida e morte, sacrifício e assassinato, antropofagia e alimento. O coração que não é devorado pelos Titãs, o coração que sobrevive ao selvagem assassinato de um deus, vira objeto da proibição que visa a evitar o ato que simboliza pela sua simples presença.

Essa breve incursão pela dimensão culinária e sacrificial do coração no pensamento cultural e cultual grego ilustra a centralidade e também a especificidade do coração como lugar de uma série de investimentos férteis e demarcados pela proibição. O coração, origem e sistema de apoio da vida, é também o principal gerador de uma cadeia de metáforas e figuras que o inscrevem como um limite e fim em si mesmo. O órgão central do corpo, na sua representação e através de seus poderes representativos, torna-se o princípio operativo central do discurso figurado, de um corpo textual.

A mulher, o coração e o falo

O aparecimento do coração e do falo num texto como o *Lai d'Ignaure* "incorpora" a própria narrativa, forma um corpo com seu próprio órgão central. Com efeito, o *Lai d'Ignaure* expõe tanto uma incorporação como a constituição ou formação de um corpo relacionado. Para captar essa incorporação e demarcar esse corpo, esse corpus, temos que seguir a lógica do desmembramento instalada no poema.

A gênese do desmembramento descreve a emergência gradual e fatal da perda de multiplicidade e pluralidade, uma perda que ao final do poema é duplamente inscrita. A primeira confissão nomeando um único amante é a confissão forçada de Ignaure, quando tem que escolher uma só dama. O poema aponta essa redução, essa perda, como causa direta da morte de Ignaure: "Um rato com um único esconderijo não consegue viver muito... O rato com um só esconderijo / é logo pego na ratoeira" (373, 480-1). Por outro lado, o banquete dos maridos no qual se revela a traição das esposas corresponde à cena da confissão na qual a traição de Ignaure é revelada às mulheres. É como se, na lógica do poema, o cenário confessional correspondesse ao da refeição – como se o discurso confessional correspondesse e fosse equivalente à comida. Alimento e palavra articulam, cada um no seu registro, as trocas e substituições que constituem a história de Ignaure e no centro dessa história está a identificação ou nomeação secreta do corpo da mulher como túmulo. O corpo da mulher é o local de repouso mas também de transgressão. A deposição do coração e do falo, disfarçado de comida, no corpo da mulher ensaiam e põem fim à transgressão inicial e designam o corpo como local de troca e reciprocidade. E a última cena do poema, a cena em que o desmembrado Ignaure é servido secretamente como alimento às amantes, é uma cena dúbia: primeiro, é uma cena de incorporação secreta e forçada; depois, uma ceia funerária, uma celebração da morte do rival. No espaço entre as duas, o *Lai d'Ignaure* anima uma curiosa troca entre incorporação e luto, entre o ato de comer e a sexualidade. Essa troca tem lugar, no poema, no quadro de uma paródia ritualizada da Última Ceia, uma transgressão e perversão de uma narrativa estabelecida e fundadora. O *Lai d'Ignaure* conta sua história nas margens da teologia sacramental e da interseção entre a mitologia grega e a cristã. E é precisamente nesse contexto e contra esse pano de fundo que a transgressão do *Lai* se torna mais significativa.

A estrutura básica do *Lai d'Ignaure* coloca assim em jogo todos os elementos necessários para a formação de um fantasma de incorporação.[10] E no entanto é evidente que o luto ou pelo menos um primeiro estágio do luto tem lugar no poema e que seu lamento inicial, público, leva, através de uma perversa situação descrita no texto, a uma forma de incorporação "literal" e primitiva, a saber, o ato de dar de comer o pênis e o coração.[11] Do ponto de vista de uma teoria criptográfica, a incorporação descrita no texto é falsa ou "artificial", porque motivada de fora, desejada e iniciada por outro sujeito, cujo objetivo principal parece ser o fim de uma exibição pública de luto. A motivação propulsora por trás da ação dos maridos é o seu esforço em operar uma substituição fundamental, uma transferência do exterior para o interior que em última análise encobriria o que foi sobreexposto, divulgado demais. Assim, o *Lai d'Ignaure* nos permite perceber uma situação peculiar que exibe a gênese e a estrutura de um fantasma de incorporação sem o seu costumeiro segredo e maquinações ocultas. O *Lai* narra um exemplo de incorporação ao contrário ou invertida. Mas essa "incorporação" não se limita ao nível da narrativa; também afeta todo o poema.

A ação dos maridos imita a formação de um fantasma de incorporação, mas só o faz até determinado ponto, porque esse fantasma é estritamente um assunto particular, quase silencioso. Envolve o sujeito e suas representações imaginárias da sobrevivência de um objeto de amor perdido. Sua motivação geradora vem do próprio sujeito, da sua relutância em aceitar a perda efetiva ou o desaparecimento do objeto desejado. O fantasma da incorporação surge de uma parte desconhecida do sujeito, uma parte não revelada, não descoberta. Ou, dito de outra forma, o fantasma da incorporação inventa essa parte secreta do sujeito, esse sujeito desconhecido, para acomodar e receber a mágica sobrevivência do objeto perdido. Para que a cripta ocupe um espaço claramente demarcado para ela, isto é, para que se constitua como tal, deve existir uma parte absolutamente outra de si mesma onde possa se encaixar e repousar. Ou melhor, a cripta, por sua simples presença, transforma-se no espaço que invade e assim ocupa como se já fosse uma parte secreta, outra ou inacessível, do sujeito. A cripta traz consigo a transformação e transfiguração irreversíveis da estrutura do anfitrião em que penetra em busca da sobrevivência e autonomia.

O fantasma da incorporação é assim caracterizado primordialmente por seu segredo, por sua tendência a desenvolver elaboradas fraudes para proteger o sujeito dos perigos inerentes do segredo que preserva em seu interior, assim como o segredo da coisa que se introduziu sub-reptícia e silenciosamente na parte mais íntima do sujeito. A recusa em aceitar ou mesmo admitir a perda real ou potencial do objeto amado e a subseqüente reanimação, na cripta e como cripta, do objeto morto requer um distanciamento do espaço público e coletivo e uma retirada da linguagem comum. No *Lai d'Ignaure*, essa retirada e distanciamento são significados pela comida, pela recusa em comer e a conseqüente identificação entre o ato de comer e uma forma de conhecimento. O silêncio dos maridos sobre o destino de Ignaure é reproduzido pelo jejum das damas. A boca vazia corresponde à boca silenciosa. A solução ou resposta dos maridos ao desafio é mais significativa e reveladora:

Um diz: "Essas ignóbeis debochadas
Juraram todas jejuar
Até saberem se
Ele vai morrer ou viver.
Dentro de quatro dias extirparemos dele
Precisamente esse quinto membro
Que lhes deu tanto prazer.
Faremos com esse membro uma refeição para elas,
A que acrescentaremos o coração.
Prepararemos doze pratos
E ardilosamente as faremos comê-los.

Porque não podemos nos vingar de forma melhor!"
O plano foi aprovado:
Desmembraram o bom cavaleiro.
(537-50)

O engodo dos maridos, sua vingança extrema, consiste em dar de comer o desmembrado e desejado corpo às esposas. Essa perversa empresa parece ter dupla função. Primeiro, serve de proteção contra a incorporação, contra a extrema traição temida pelos maridos. Isso ocorre porque é realizada e encenada pelos maridos como uma forma de ceia funerária. O aspecto coletivo da ceia funerária, sua apresentação da comida como sinal ritualizado da partida do morto para o outro mundo, a clara separação que institui entre os vivos, que se reúnem, e os mortos, invisíveis e enterrados – todos esses aspectos servem para ressaltar a diferença crucial entre os mortos e aqueles que podem se reunir e partilhar uma refeição. A ceia funerária, ao tornar possível o consumo coletivo de alimento num espaço relativamente público, introduzindo a comida nos corpos como que para evitar a ameaça de em vez disso ser introduzido o corpo do morto, transforma o ato de comer numa forma de linguagem coletiva e comunitária que publicamente declara a morte do morto e a sobrevivência dos vivos. A natureza coletiva da refeição reconhece a comunicação ininterrupta entre os vivos e, em certo sentido, celebra a sobrevivência como função dessa linguagem partilhada pela comunidade envolvida. Ela celebra a sobrevivência e a morte em termos de comunicação e é um modelo de intercâmbio entre comida e língua, entre os vivos de um lado e os mortos de outro. A primeira ação dos maridos explora essas características da ceia funerária, mas só para pervertê-las, deslocá-las para um registro secundário.

Esse registro secundário repousa numa rede de relações e revezamentos em cujos termos o assassinato do amante é deslocado e circulado como uma condensação, que é possibilitada, na lógica do poema, pela mudança da multiplicidade para a unicidade. A condensação em questão aqui traz de volta a pluralidade porque precisa da repetição do ato da alimentação. Assim, em vez dos perigos do ato secreto da incorporação, temos no *Lai d'Ignaure* como que uma incorporação forçada que só ocorre após o fato, após qualquer possibilidade real de incorporação no estrito sentido técnico do termo. O efetivo consumo material do outro ou de uma parte privilegiada do outro é agora necessariamente sub-reptício, iniciado de fora, ativado e imposto a partir de uma posição de poder e controle, da perspectiva peculiar de um sujeito que deseja ou reiniciar o luto ou pôr fim ao luto já iniciado. Em ambos os casos, o desejo por trás do que chamo aqui de incorporação forçada é um desejo impulsionado por uma vontade cega de desencadear a encenação de uma perda real que já ocorreu, de modo a articular e confirmar sua própria condição e posição com respeito ao objeto isolado e assimilado. A motivação para esse ato violento de projeção decorre da vontade do sujeito (isto é, do marido) de ocupar, embora em circunstâncias um tanto diferentes, a mesma posição do amante morto antes e depois da morte. O que fundamenta e sustenta a violência dessa alimentação forçada é o esforço de controlar uma operação de efetiva incorporação com a qual em última instância se compromete esse sujeito todo-poderoso.

Após o ato de dar de comer os órgãos de Ignaure disfarçados de alimento, chega o momento da revelação da verdade, o momento de nomear a transgressão:

> Quando recuperaram o próprio coração [as forças],
> Cada uma delas implorou a seu senhor,
> Pelo amor de Deus, que lhe dissesse se [Ignaure]
> Estava fora da prisão.
> Aquele que o pegou em casa
> Retrucou: "Minha dama, você que fez o padre e
> Já foi amante dele,
> Saiba que comeu o que grandemente desejava,
> O que tanto lhe agradava
> Que nada mais queria.
> Afinal foi bem servida!
> Matei e destruí o seu amante:
> Todas vocês participaram do prazer
> Que as mulheres tanto desejam.
> Estão satisfeitas, todas as doze?
> Estamos totalmente vingados da nossa vergonha!"
> (560-75)

As mulheres só falam depois que comeram o coração do amado, só depois que literalmente recuperaram o próprio coração ("Quando seu coração volta para elas"). A reação dos maridos fala a linguagem do distanciamento e separação pelo fato de que procura identificar e anunciar a divisão que separa consumidores de comida, aqueles que são consumidos e aquelas literalmente forçadas a consumir o objeto de sua paixão. No cenário da alimentação forçada, aquele que fala, em última instância o *metteur en scène*, profere as palavras que nomeiam seu rival e, ao mesmo tempo, pretendem terminar essa rivalidade e estabelecer uma nova ordem. As palavras do marido nesse exemplo inauguram um novo padrão de relações entre comida e linguagem, entre os vivos e os mortos, entre o interior e o exterior, entre o sentido figurado e o literal. Aquele que fala, que neste caso é sempre um marido traído, não pode senão falar, quando mais não seja por um simples momento, a língua do outro, a língua do desejo do morto. Não pode senão nomear esse morto como se ainda estivesse vivo, agindo através do poder do seu nome e dos poderes de seus órgãos. Não pode senão lembrar uma última vez o que seus atos tentaram esconder e dissolver sob o disfarce de uma troca entre corpo e comida que só pode se materializar dentro de outro corpo, o corpo de uma mulher. Nesse ato louco de vingança, o marido é em última análise traído por seu próprio ardil, por sua inevitável confiança num modelo de troca que requer a proibida e indesejada união entre sua esposa e o amante morto. Assim, em vez de estrito modelo linear de identificação entre comida e discurso, o cenário da alimentação forçada institui um segundo modelo mais complexo, um modelo de segunda ordem.

Essa forma secundária de identificação copia modelos que situei no caso do fantasma da incorporação e no da ceia funerária. Por um lado, o marido inicia um cortejo disfarçado através da sub-reptícia introdução do rival, em sua representação mais significativa, no corpo da mulher, introdução que se constitui num ato de introjeção no sentido etimológico do termo. Com o mesmo gesto o marido prefigura a resposta previsível ao seu pedido de reciprocidade, graças a uma complexa simulação, uma trapaça intrincada que encena antes do fato os efeitos dessa resposta. Em outras palavras, comer ou, mais precisamente, alimentar à força e falar cooperam para estabelecer o que é de fato uma comunhão impossível, uma união proibida. Essa perversa união dos dois corpos constitui uma transgressão das formas normais de intercâmbio, uma vez que nas circunstâncias nenhuma transferência de "bens" é factível. O que fica, o que resta tanto para remetente como para destinatário, é simplesmente um momento de reconhecimento, um exemplo de nomeação e representação lingüística que é apoiado pelo poder da linguagem e sua capacidade de produzir uma reencarnação do morto, do corpo morto dentro do corpo da amante. Essa reencarnação toma a forma de um discurso desmembrado, uma lembrança fragmentária do amante morto:

> Quando ainda viviam, elas choravam juntas:
> Uma chorava a beleza dele,
> Membros tão belos e bem torneados
> Que os mais belos do mundo eram feios se comparados;
> Assim falavam duas damas.
> Outra chorava sua grande coragem
> E seu corpo gracioso e generosidade;

Uma quarta, os seus olhos, seus flancos,
Que eram tão acesos, joviais.
(588-96)

As múltiplas e fragmentadas invocações do amante morto derivam de uma estrutura que consiste numa série de adiamentos sincopados pelas intervenções lingüísticas motivadas através das quais filtra um nome ou um conjunto de nomes que designam uma perda fundamental e uma ausência irredimível, um nome que redobra e em certo sentido nega essa perda e ausência. A palavra que emerge para designar e identificar a nova localização e a nova face do deformado elemento introjetado no corpo da mulher é uma palavra que reitera, pelo mero poder da presença e "apresentação", o que já aconteceu. O aparecimento, por exemplo, do nome do amante morto, emergência que nomeia sua dupla morte e sobrevivência, liga o fim da história de amor e o desfecho que interrompeu e deteve o modelo de troca e substituição que a possibilitou.[12] O nome do morto que vem confirmar a nova morte do que ele designa remonta de um golpe à gênese de um desejo frustrado de separação e irreversível descontinuidade da narrativa na maneira pela qual simula uma mudança de responsabilidade, uma declaração de perda, uma oportunidade perdida. O nome do amante disfarçado e morto assombra aquele que fala. Aquele que alimenta à força é também assombrado pela inevitável ironia do retorno e a sobrevivência de algo que já não existe exceto em representação e como representação. Tal representação, no entanto, só pode sobreviver dentro de um corpo, num túmulo ou sob a pele do outro desejado, disfarçado e escondido de todos. E essa sobrevivência, que em última análise levará, como no caso de um fantasma de incorporação, à destruição do sujeito no seu esforço de proteger aquilo que incorporou, pede uma completa retirada de tudo que pode contaminar o novo sítio e esconderijo do objeto. Daí a decisão das mulheres de se absterem de comida, decisão que é apresentada no poema tanto como forma de vingança quanto afirmação da incomparável qualidade daquilo que comeram sem saber o que era, portanto de algo que deve ser protegido de qualquer contaminação ou poluição:

Fizeram a Deus o juramento de
Jamais comer de novo,
A não ser que lhes ofereçam prato tão inigualável.
(584-6)
...
"Ai de nós! Nós os mudamos tanto e
Sua vingança foi tão cruel.

> Que ciumentos! Mas não comeremos mais:
> Assim estaremos vingadas."
> (599-602)

A decisão das mulheres de defender e proteger a pureza do amante morto culmina na própria morte delas. Sua vingança toma assim a forma de uma despedida deste mundo, junto com o amado. E depois de suas mortes o poeta nos diz:

> A elegia das doze foi composta
> Numa cantiga de doze versos
> Que pode ser bem decorada,
> Porque o conteúdo é totalmente verdadeiro.
> (617-20)

O desmembramento do amante e a distribuição às amantes dos seus órgãos combinados dá origem ao poema de uma maneira que claramente identifica tanto os amantes como o órgão sexual e o coração com o veículo de significação poética. O desmembramento de Ignaure corresponde à divisão do poema e, assim, o corpo desejado e o corpus poético ecoam um ao outro num texto que expõe a transgressão da sexualidade em termos de comida e alimentação de modo a nomear a dinâmica do desejo transgressivo como o motor da expressão poética. A transgressão em questão torna-se evidente quando se compara o *Lai d'Ignaure* com o *Roman du châtelain de Couci et de la dame de Fayel* ou com as histórias de coração devorado do *Decamerão*. No *Roman du châtelain de Couci*, por exemplo, o marido não é responsável pela morte do amante nem pelo seu desmembramento. Em vez disso, é o próprio amante que, pouco antes de morrer, decide mandar seu coração à amada num último gesto de amor e devoção. O marido meramente intercepta o "pacote" e dá secretamente de comer o coração do amante à esposa. Mas não é essa a importante diferença entre os dois textos. A diferença está, creio, na maneira específica pela qual o *Lai d'Ignaure* tematiza a sua transgressão poética através das suas estranhas características.[13] A estranheza do *Lai* deriva da sua brutalidade, da sua violência sem paralelo em toda a lenda do coração devorado. E no entanto essa violência e brutalidade são articuladas numa clara paródia, de certa forma fácil, da narrativa cristã fundamental. A constituição da comunidade cristã, a fundação da *ecclesia*, é deslocada aqui e subvertida numa narrativa que descreve a fundação de uma comunidade definida por sua dinâmica do desejo, uma comunidade de mulheres dedicadas à memória de um único amante. Essa comunidade, uma comunidade poética por excelência, uma vez que a expressão poética é função do desejo sexual em termos do próprio poema, dedica-se à memória de uma transgressão em nome da qual a ordem estabelecida é desestabilizada e questionada.

Além do mais, o deslocamento sexual que opera no texto, junto com a alimentação do falo e do coração combinados e disfarçados, indica uma separação consciente entre o coração e o pênis por um lado e um corpo intacto de outro, com uma clara celebração do corpo tal como é representado pelos órgãos mais essenciais e desejáveis. O *Lai* celebra o aprisionamento dos órgãos dentro do corpo da amante e sua impossível e perversa união. Também celebra o aprisionamento do amado morto como amante que morre por seu desejo e por cujo amor as doze damas se sacrificam. Lendo esses versos somos tentados a ver na paródia cristã da Última Ceia uma infiltração ou interferência dionisíaca que lembra o desmembramento do deus e evoca seu renascimento e regeneração, assim como seus poderes especiais com as mulheres.[14] O que é dionisíaco na narrativa é precisamente a violência dos maridos, a violência que vem interromper e interferir com o reino livre do desejo. Pois no *Roman du châtelain de Couci*, como veremos, o próprio amante manda o coração para a sua dama. Aqui, a decisão de dar de comer os órgãos de Ignaure às amantes é tomada pelos maridos e motivada pelo ciúme e um impulso cego de vingar o adultério das mulheres.

Nessa celebração do desejo sexual através do desmembramento, o *Lai d'Ignaure* parece ser motivado por um esforço para reabilitar algo que foi desmistificado pela tradição cristã, algo que foi perdido na dominação de um discurso ético que privilegia a alma em relação ao corpo. Essa reabilitação constitui talvez o segredo do *Lai*, seu desejo oculto, um desejo que busca descobrir um corpo para substituí-lo por outro corpo ausente e poderoso, um corpo secreto e único. Comecei este capítulo com uma discussão de duas narrativas exemplares e duas estruturas correspondentes de lamento ou luto. Ambas as práticas, cada uma à sua própria maneira, constitui modos específicos de relacionamento com a perda de uma pessoa ou objeto amado. Nos dois casos a perda é geralmente entendida como representando uma ameaça extrema ou potencial ao destino do sujeito ou da comunidade. A ceia funerária apresenta uma estrutura fechada, circular, organizada como uma rede analógica de relações e substituições que permite a uma comunidade neutralizar e superar a perda de um dos seus membros através de uma identificação e troca entre língua e comida. Por outro lado, o fantasma da incorporação constitui, devido a seu segredo, uma estrutura aberta, hermenêutica, dedicada à nostalgia e à efetiva negação do luto pelo repúdio da sua possibilidade. O fantasma da incorporação forma uma estrutura secreta destinada a manter e proteger um segredo inadmissível. O *Lai d'Ignaure*, da maneira como parodia, recapitula e reorienta uma narrativa em torno de uma tradição teológica, ativa e faz valer um poderoso desfecho para as reações cortesãs "tradicionais" ao modelo cristão, reações que encontraremos no *Decamerão* de Boccaccio e no *Roman du châtelain de Couci*. Ao mesmo tempo e de um só golpe, apresenta a morte e sua reanimação e reencarnação simbólicas como um paradigma para a expressão poética de uma estrutura de significação fundada na dinâmica do desejo. Essa reinscrição da estrutura poética em termos de desejo nega a narrativa cristã parodiada no *Lai* e nomeia sua busca como aquela de um corpo perdido, um corpo desmembrado que provê e garante coerência e sentido.[15]

A narrativa teológica parodiada no *Lai d'Ignaure* funda-se numa perda radical, a perda do corpo do Cristo. A estrutura fantasmagórica iniciada pelos maridos é esmagadora porque encena e desloca um mistério inominado, a Eucaristia, quer dizer, a metáfora cristã mágica do pão e do vinho que se tornam corpo e sangue. E a Eucaristia, em vez de ser um ato de incorporação do morto e ausente, constitui um momento e modalidade de incorporação do corpo vivo num corpo maior, no corpo simbólico do morto ressuscitado. Essa outra incorporação celebra o renascimento e ressurreição de e através de um novo corpus, a Igreja. O poema nega e rejeita o mistério por sua forte e clara paródia, assim como sua insistência na necessidade de nomear o mistério:

> O sentido se perde se é escondido.
> O que é mostrado e revelado
> Pode germinar em qualquer lugar.
> (11-13)

A transgressão no poema está precisamente em dar secretamente de comer os órgãos de Ignaure às amantes. E a transgressão que o próprio amante comete decorre da sua declarada e desinibida celebração do desmembramento e da paródia como veículos do significado poético.

O *Lai d'Ignaure*, como vimos, conta a sua trágica história no espaço confinado de um castelo habitado por doze cavaleiros e suas damas. Quando os cavaleiros realizam sua vingança, dando secretamente de comer o coração e o falo de Ignaure às próprias esposas, estão reproduzindo, na cena final do poema, uma ceia comunitária muito parecida com o festim dos Titãs. As damas só consomem, porém, o coração e o órgão sexual do amante e não seu corpo disfarçado de alimento. Essa inversão é central a todas as narrativas da lenda do coração devorado. Além disso, essa última cena imita e parodia outra grande cena fundadora do ato de comer, a Última Ceia. A revelação da sedução das damas por Ignaure começa como um jogo inocente no qual uma delas é escolhida para fazer o papel do padre ao qual todas as outras confessarão seu secreto caso de amor com Ignaure. Assim, a paródia da Última Ceia é duplamente inscrita na narrativa, primeiro com a exploração da simulação de confissão e, depois, porque essa é a última refeição das damas. Mas neste exemplo são doze damas que se banqueteiam com os órgãos desejados do corpo do amante. Embora a oferenda seja secreta e disfarçada, reproduz no entanto uma união literal, física, entre as damas e o amante morto. O *Hoc est corpus meum* vira oferta literal de um outro sob o pretexto e disfarce de comida.

O marido, eterno rival e voyeur

O *Roman du châtelain de Couci et de la dame de Fayel* (do final do século XIII) conta sua história em distantes fronteiras geográficas entre a Terra Santa e a pátria da Dama de Fayel.[16] A distância geográfica é crucial aqui porque ressalta e situa a estrutura chave do texto, estabelecendo uma economia de troca e uma rede de circularidade e reciprocidade que guiam a narrativa e investem as várias representações de partes e órgãos do corpo. A Dama de Fayel corta suas tranças e as dá ao amante como sinal de seu amor antes que ele parta para a Terra Santa. As tranças cortadas são não apenas um sinal do seu amor, mas literalmente o seu coração: "Se me ama tanto quanto diz, leve-as consigo. Meu coração irá com elas junto de você e eu lho daria se pudesse arrancá-lo sem me matar!" (241). O original presente condicional especifica as representações operativas através das quais a narrativa prosseguirá e institui as modalides de substituição e deslocamento atuantes na troca entre os amantes. O corte das tranças representa, nessa altura da narrativa, a ferida impossível mas desejada, a abertura do corpo e a centralidade do status literal do coração. Com efeito, é o impulso para a liberalização dessa troca inicial e a satisfação dessa nostalgia obsessiva que melhor descrevem o desdobramento da narrativa.

O castelão é mortalmente ferido por uma flecha envenenada e antes de morrer dita uma carta para sua dama e encarrega o servo Goberto de enviá-la numa caixa de prata com as tranças da amada e o coração dele. A carta explica e confirma os termos da troca, do que podemos chamar de contrato de amor e suas trágicas representações, entre o castelão e sua dama: "E porque sei, porque tenho certeza de que levei seu coração comigo quando deixei Fayel e você me deu as jóias tão belas e graciosas que são as suas nobres tranças cintilantes, que guardei até este momento, envio-lhe agora o meu coração, pois é direito seu possuí-lo" (243). Em troca das tranças, representantes figuradas do coração, o castelão manda o seu coração, assim satisfazendo os desejos da amada. E é precisamente a distância geográfica que permite dar ao status figurado inicial do coração um sentido literal. A ausência e a distância, em vez de aprofundar os poderes de representação, levam à sua aniquilação, à sua absoluta e irreversível materialização. Além disso, abrem espaço para outras trocas e substituições, uma vez que requerem um emissário e um intermediário. Essas novas e descontroladas substituições vão desfazer e solapar os poderes implicados e incorporados pelo coração do castelão morto com a introdução da violência na estrita economia de troca entre os amantes.

Goberto retorna a Fayel e é descoberto pelo marido da dama, que o interroga sobre o propósito da visita e o conteúdo do pacote que leva. Goberto promete, se sua vida for poupada, revelar o segredo de sua missão ao marido e lhe assegura que o castelão está morto. Suas palavras são reveladoras porque indicam sua consciência da violência potencial iminente: "Caro senhor, imploro que tenha piedade de mim e que me ouça um minuto. Vou contar-lhe toda a história do início ao fim, mas com a condição de que não me faça mal, de que não toque em mim e poupe a minha vida!" (247). O marido então abre a caixa de prata e descobre as tranças da esposa, junto com o coração e a carta do amante. Pega o coração e ordena ao cozinheiro que o prepare e sirva apenas à esposa numa refeição especial: "O senhor falou ao cozinheiro e ordenou-lhe estritamente que fizesse tudo em seu poder para preparar um prato de galinhas e capões tão gostoso que ninguém quisesse mudar nada. 'Servirá esse prato em especial a todos aqueles que estarão no grande salão. E fará outro prato com este coração, que servirá à senhora e a ninguém mais'" (248).

A estrutura da refeição organizada pelo marido para celebrar sua vingança e triunfo sobre o amante morto combina a ceia comunitária com a exclusão da esposa. Ela está presente à mesa mas come um prato diferente, preparado especialmente para ela. A cena da refeição no *Roman du châtelain de Couci* reflete a refeição comunitária dos Titãs e a do *Lai d'Ignaure*, mas com uma diferença decisiva. A dama é isolada, é posta de lado e quase separada e excluída da ordem social implicada na refeição comunitária. Sua comida identifica-a como estranha, como esposa infiel. Além disso, sua refeição, depois que seu conteúdo é revelado, é vista como tendo uma natureza única. Por um lado, torna-se literalmente uma última ceia, uma vez que a dama se recusará a comer qualquer coisa após esse derradeiro encontro com o coração do amante morto: "Em nome de Deus, meu senhor, estou perturbada com isso e, como assim é, prometo-lhe com toda certeza que jamais comerei de novo e que não engolirei de novo outra comida. Minha vida é pesada demais para carregar! Morte, livre-me da vida!" (250). Esta última ceia reúne num único momento duas dimensões paradoxais. Por um lado, a dama come o que por direito lhe pertence – o que, em termos da narrativa, é literalmente dela, quer dizer, o coração que não é apenas o do amante mas também dela. Em outras palavras, a última ceia, neste caso, é também um ato de autofagia e como tal reflete a última ceia cristã. O marido parece entender que só ela pode comer o que come, por causa do caráter figurado da refeição. Por outro lado, a última ceia da dama funciona como uma refeição funerária em memória do amante morto. Enquanto os outros convivas e o marido desfrutam uma refeição tradicionalmente servida no Natal, ela come a última lembrança material do amado. Sua introjeção ou interiorização literal do coração do amante assinala o desfecho da economia de troca estabelecida na abertura do *Roman* e devolve o coração, tirado à força da sua caixa de prata, ao seu recipiente próprio, o único adequado. Entre essas duas refeições, entre o que é oferecido e disfarçado como comida e o que é realmente comido está a distância que separa os desejos do marido e a satisfação inconsciente da esposa.

É importante notar aqui que em todas as histórias da lenda do coração devorado, pelo menos ao que eu saiba, o marido nunca prova do coração do rival. De fato, parece que o coração do amante morto é visto por todos como um tabu, exceto pela dama. Além do mais, em todas as versões da lenda a mulher é levada a comer o coração do amado sem saber, pois está disfarçado e só depois que o consome lhe dizem o que na verdade comeu. Esse detalhe é altamente significativo, pois enfatiza as secretas motivações do marido, sua dupla motivação. Por um lado, ele deseja pôr fim ao caso de amor entre a esposa e o amante, cortando a possibilidade da sua união física. Seu gesto, no entanto, reproduz um último encontro entre os dois, entre os dois corações. Por outro lado, ele deseja ocupar a posição do rival morto, quer ser desejado e amado pela esposa. Dar secretamente de comer o coração do amante, neste exemplo, transforma a última ceia numa cena de voyeurismo em que ele observa a união dos amantes e se vê em posição de poder e autoridade. Seu gesto inevitavelmente desencadeia uma seqüência de eventos que levam à morte da esposa e à confirmação de sua dedicação ao amante morto. É como se, forçando violentamente a mulher a comer o coração do amante e a chorar publicamente a sua morte, o marido sub-repticiamente se afastasse da cena e se tornasse simplesmente um observador e espectador indefeso. A cena que ele monta assinala sua própria e inevitável exclusão da relação com a esposa. Sua vingança tem dois gumes e resulta na perda do objeto desejado. Seu festim celebrando o desaparecimento do rival e a penetração forçada da esposa pelo outro acabam sendo sua última ceia com ela.

O caráter voyeurístico dos atos do marido confirma sua condição de efetivo *outsider*, daquele que se vê excluído das trocas entre os amantes. Como tal, não consegue captar todas as implicações das modalidades de representação instituídas pelos amantes. Sua vingança e fracasso final decorrem da incapacidade de perceber o poder de tornar as coisas literais, inaugurado pelos amantes no momento da separação. O valor literal do coração é temporariamente perdido por causa da necessidade de mediação, devido à violenta e desinformada intervenção do marido. Ao disfarçar o coração como comida, no entanto, ele reativa o contrato discursivo e representativo entre os amantes. É como se a dupla configuração cardíaca – comida e sede das paixões – devolvesse ao coração sua simplicidade, literalidade e transparência originais. A lenda do coração devorado tem sua história entre esses dois registros, entre o que é preparado como comida e o que é comido, entre o que é representado pelo alimento ingerido e o próprio ato de comer. A oralidade da última ceia reinvoca e reativa o contrato verbal entre a dama e o amante morto e neutraliza a violência e ciúme do marido. Por fim, confirma sua condição de estar absolutamente por fora, de ser um *outsider*: o eterno rival.

A predestinação do marido à posição de rival está inscrita no *Roman* pelo seu próprio destino. Após a morte da esposa, ele é surpreendido pelo remorso e a enterra com grandes honras. Mas "logo os pais dela ficam sabendo e o acusam de tê-la matado sem motivo, fazendo-a comer o coração do amante. Querem então tirar vingança. O que dizer mais? O senhor de Fayel reconciliou-se com eles concordando em deixar o país e ir para o ultramar. Não passou muito tempo, porém, e voltou" (251). A vingança dos pais força o marido a repetir o gesto do amante: separar-se da dama. Suas viagens, por assim dizer, completam sua educação. Ele volta a morrer, mas só depois de ter plenamente entendido as dores da separação e a perversidade de suas ações. Seu remorso simplesmente cumpre as palavras do rival ao declarar sua dama um modelo de perfeição: "Você é um modelo digno de orientar todo ignorante no caminho da sabedoria, honra e dignidade" (251). O destino do marido, seu trágico destino, decorre da sua ignorância: ignorância do sentido de um contrato de amante, dos poderes de sua esposa e dos seus próprios desejos. Seu destino é melhor simbolizado pelo caráter da ceia que manda preparar para si mesmo e seus convidados, um banquete de "galinhas e capões". Tenta unir os dois elementos que já não podem se unir, por causa de uma diferença e ausência radicais; e ele, na sua ignorância, nada mais é que um "capão". Entre marido e mulher já não é possível o desejo sexual. A relação entre a esposa e o amante, reforçada e fortalecida pelas formas de troca instituídas por eles para representar o desejo sexual apesar de sua separação física, exclui o marido, de uma vez por todas, de qualquer possibilidade de possuir sexualmente a mulher. A refeição que ele prepara para a mulher, a última ceia destinada a puni-la e excluí-la, irá também, graças ao que é oferecido como comida tanto à mulher como ao resto dos convivas, excluir simbolicamente o marido da cena do desejo. O marido já não é desejável, pois "nunca uma galinha se apaixonou por um capão".

A reabilitação da dama no desfecho da narrativa não é simplesmente uma manifestação da valorização convencional da figura feminina na história; é também conseqüência direta da estrutura interna do conto e de sua economia de troca e representação centrada no coração e na interação entre o sentido figurado e o literal. A dama e seu amado constituem uma comunidade fundada no amor e na troca discursiva explícita. O marido, necessariamente excluído dessa comunidade, não consegue situar-se na posição que deseja. Seu fracasso meramente reproduz sua ignorância e incapacidade de canalizar os desejos através do discurso; ele resulta da sua artimanha e violência e da violação do contrato discursivo que estava em vigor.

O *Roman du châtelain de Couci et de la dame de Fayel* e o *Lai d'Ignaure* estabelecem os termos iniciais através dos quais a lenda do coração devorado será desenvolvida e desdobrada. Sua complexa e sofisticada exploração da lenda faz desses textos paradigmas que informam todas as explorações posteriores da narrativa do coração devorado. Do espaço fechado do castelo à distância aparentemente infinita que separa a Terra Santa e a França, as duas narrativas inscrevem seus contos de morte e sacrifício rituais, do conflito entre o corpo desejado mas ausente ou inacessível e o desejo de posse absoluta do coração do amante morto e seus poderes geradores simbólicos. O coração, sintoma e sede da vida, torna-se o agente da configuração e da deformação dos poderes e horrores do amor. Nas duas narrativas, a jornada do coração segue o mesmo caminho, do corpo do amante para o corpo ou os corpos das damas e finalmente para a sepultura. É essa trajetória, mas com um desvio crucial e significativo, que temos de seguir agora.

DOIS
Vide cor tuum

> E muitas vezes me perguntei, olhando em perspectiva, se a filosofia não tem sido meramente uma interpretação do corpo, e uma má interpretação.
>
> NIETZSCHE, *A GAIA CIÊNCIA*

No *Roman du châtelain de Couci*, o coração funciona como operador central da identificação e reconhecimento entre a dama, o marido e o amante morto. O suporte subjacente para essa identificação está na valorização do coração como único substituto viável da sexualidade. Com efeito, essa relação entre coração e sexualidade é sobredeterminada no caso do *Lai d'Ignaure*, porque, como vimos, o coração é servido com o falo às doze damas. Nos dois casos, a interconexão de órgãos do corpo, comida e suas representações simbólicas exemplifica o conceito medieval de *fin'amour*, concepção que privilegia o coração não apenas como a sede das paixões e emoções mas também do conhecimento. Assim, o "doce sabor" (*douce saveur*) do amor é tanto uma questão de gosto (*sabor*) como de conhecimento (*saber*).[1] Nesse sentido, não é estranho que a dama de Fayel manifeste surpresa e satisfação quando consome o coração do amante morto:

> Ela elogiou o prato e pareceu-lhe que nunca tinha comido nada mais gostoso e disse: "Por que nosso cozinheiro não o prepara mais vezes? É tão caro assim de fazer? Acho realmente delicioso."[2]

Esse aspecto da narrativa liga um número de histórias e textos e distingue a maioria dos textos medievais das devotas versões posteriores da lenda do coração devorado, porque a explícita articulação do prazer da dama que consome o órgão disfarçado do amante equivale a uma encenação sub-reptícia de sua relação sexual.

Triunfo do amor, triunfo da morte

Encontramos esse aspecto num texto simples mas altamente instrutivo. É a nona história do Quarto Dia do *Decamerão* de Boccaccio, escrita no século

XIV.[3] Dois cavaleiros "que se amam com um amor excessivo" vivem relativamente próximos. Guilherme de Guardestaing apaixona-se pela dama do melhor amigo, a mulher de Guilherme de Roussillon. Os amantes não são descobertos por um tempo, até que uma indiscrição informa Roussillon do que se passa e ele decide vingar sua honra e matar o melhor amigo, agora terrível rival. Um dia embosca Guardestaing, mata-o e arranca seu coração. Manda seu cozinheiro preparar com o coração "um prato gostoso, o melhor e mais saboroso que saiba fazer" (352). Então serve à mulher o coração disfarçado. O marido não revela a ninguém de quem é na verdade o coração: ao cozinheiro diz que era de um javali, animal que teria caçado. Classificando assim o rival morto como animal, uma besta sujeita a ser caçada, ele redefine a identidade do amante e separa-se do ex-amigo.

Em contraste com o *Lai d'Ignaure* e o *Roman du châtelain de Couci*, a refeição no conto de Boccaccio é uma refeição privada. Só Guilherme de Roussillon e a mulher participam e o coração, como era de esperar, é servido apenas à mulher. Ele, no entanto, não come coisa alguma: simplesmente observa a mulher comer o coração do amado. A esposa manifesta prazer e satisfação com o prato, após o que Guilherme lhe diz que ela acabou de comer o coração do próprio amante, morto por ele. Ela então se joga da janela para a morte, despedaçando o corpo.

Antes de morrer, no entanto, ela denuncia o crime e acusa o marido de traição:

> Você agiu como o homem mesquinho e desleal que é; pois se eu, sem ser forçada, fiz dele senhor do meu coração, com isso ofendendo você, eu e não ele é que deveria ser punida. Mas Deus me livre de jamais outra vianda seguir a carne tão nobre quanto o coração de cavalheiro valoroso e cortês como sire Guilherme de Guardestaing! (353).

Sua acusação classifica de deslocada a violência vingativa do marido e assim identifica sua ignorância e fracasso em compreender a estrutura básica da reciprocidade no amor. A eliminação do rival não produz a desejada volta do passado. Em vez disso, põe fim ao casamento e leva à reunião final dos amantes mortos. A morte da mulher, além disso, ao mesmo tempo que proclama o coração como última ceia que ela aceitará, põe fim à dispersão e desmembramento do seu próprio corpo. O corpo dela só se reintegra quando ela se reúne no túmulo ao corpo desmembrado do amante. Guilherme de Roussillon é forçado a deixar sua própria terra.

A versão de Boccaccio para esse conto ressalta a relação assimptótica entre os dois machos rivais: ambos se chamam Guilherme, diferenciados apenas pelas identificações geográficas. Sua problemática proximidade facilita o intercâmbio e substituição. A distância geográfica é reduzida aqui ao mínimo absoluto, ao mesmo tempo que conserva o poder de nomear e identificar. E nesse caso é o marido que efetivamente mata o rival e arranca seu coração. Os dois Guilhermes são como gêmeos separados apenas pela terra e o desejo da dama. Sua relação cambiante espelha a volubilidade e as transformações do coração. De novo é negado o desejo de reciprocidade absoluta, em função de um contrato discursivo prévio que exclui um dos participantes. E de novo o coração passa por uma série de transformações e disfarces que culminam na sua literalização. A reunião final dos amantes mortos leva à absoluta exclusão e exílio do marido homicida e assim o desfecho da narrativa celebra o triunfo do amor sobre a violência do ciúme e da inveja. A identidade de cada um dos participantes é determinada pela condição relativa do coração e sua transmissão. A distância entre o que é oferecido e o que é tomado nunca consegue superar a fenda criada pelo contrato discursivo marcando as diferenças entre as partes interessadas. Nesse sentido, a versão de Boccaccio condensa a dinâmica estabelecida no *Roman du châtelain de Couci*, combinando essa história com algumas características do *Lai d'Ignaure*. Selecionando e reescrevendo as duas versões anteriores, Boccaccio reúne-as numa narrativa única.

Outro importante aspecto do texto de Boccaccio é a ausência de convivas na ceia. O caráter privado desse jantar perverso é significativo porque enfatiza o afastamento da exibição pública de vingança e a eliminação de toda testemunha e cúmplice. A mudança da esfera pública para a esfera privada acompanha a redução da distância espacial que separa os rivais e anuncia a reorientação e redefinição da estrutura e poderes de representação das narrativas da lenda do coração devorado. Uma outra história de Boccaccio ilustra e ressalta essas mudanças estruturais e conceituais. É a história de Tancredo, que abre o Quarto Dia do *Decamerão*, dedicado por Filóstrato – cujo nome significa "dominado pelo amor" – "àqueles cujos amores tiveram um triste fim".

A história de Tancredo destrói violentamente todas as convenções que encontramos até aqui nas narrativas da lenda do coração devorado. Ela transfere o conflito entre marido e amante para o círculo íntimo da família e substitui o incesto, ou mais precisamente um incontrolável desejo incestuoso, para a rivalidade entre marido e amante. Ghismonda, a filha única de Tancredo, volta à casa paterna após um casamento de curta duração, devido à morte do marido. O pai recusa-se a dar sua mão a um novo pretendente. Após algum tempo, ela se apaixona por Guiscardo, um dos servos do pai, e por fim decide declarar sua paixão ao amado. Incapaz de dizer-lhe isso pessoalmente e com medo de revelar seu amor a quem quer que seja, "escreve-lhe uma carta indicando como encontrá-la no dia seguinte e, colocando a carta dentro de uma taquara, entrega esta a Guiscardo pilheriando: 'Faça um fole com isso para sua empregada atiçar o fogo esta noite'" (294-5). Guiscardo abre a taquara, lê a carta e exulta. Os dois amantes finalmente se encontram no quarto de Ghismonda, através de um túnel, e consumam sua paixão mútua. Um dia, Tancredo entra no quarto da filha sem se anunciar e espera a volta de Ghismonda. Enquanto espera, adormece numa almofada ao pé da cama. Então a filha volta e, sem saber que o pai está no quarto, prepara-se para receber o amante:

> Sem perceber que havia alguém ali, abriu a porta secreta para Guiscardo, que a esperava. De imediato foram para a cama, como desejavam, e brincavam e se consolavam quando Tancredo acordou e viu e ouviu o que Guiscardo e a filha faziam: desmedidamente chocado, quase começou a gritar, mas pensou que era melhor guardar silêncio e, se possível, ficar escondido para com mais segredo e menos vergonha para si mesmo avaliar como fazer o que já lhe ocorrera (296-7).

Mais tarde naquela noite, Tancredo manda dois de seus homens para capturar e prender Guiscardo. Então confronta a filha e pede que se explique, dizendo que ficou chocado e consternado por ter ela escolhido um amante da mais desprezível condição. E comunica estar indeciso sobre o que fazer para punir a ela e ao amante. Ghismonda explica ao pai que Guiscardo é o seu amado eleito e que não o escolheu levianamente, apesar de seu status social inferior. E acusa o pai de crueldade por não ter permitido que se casasse novamente. Vale a pena reproduzir sua argumentação, porque mostra uma importante mudança conceitual na justificação do amor:

> Devia ser evidente para você, Tancredo, sendo como é de carne e osso, que tinha uma filha de carne e osso também e não de ferro ou de pedra; devia ter lembrado e deve se lembrar ainda, pela quantidade de anos que acumula, quais são as leis da juventude e com que força atuam; nem devia desconhecer – embora, sendo homem, tenha parcialmente se exercitado em armas nos seus melhores anos – o que o lazer e a luxúria podem fazer aos velhos, quanto mais aos jovens. Sou portanto, como sua cria, de carne e osso e vivi tão pouco que ainda sou jovem e (por uma e outra razão) cheia de desejo carnal, ao qual acrescentou uma força maravilhosa o fato de ter conhecido antes, em função do casamento, o prazer que é satisfazer esse desejo. Incapaz de resistir assim à força dos meus desejos, consignei-me, sendo jovem e mulher, a seguir aquilo a que me incitavam e me apaixonei. (299)

O discurso de Ghismonda apela aos poderes do desejo e da experiência carnais. Tendo sido casada, ela não pode suprimir ou esquecer os prazeres da carne e, assim, arranjou um amante. Além disso, lembra ao pai que é, como ele, uma criatura de carne e osso e, como ele, tem seus próprios desejos. Afirma sua independência e autonomia em nome das leis da natureza e, assim, sua defesa do caso secreto torna-se uma condenação da crueldade e negligência do pai. Sua apelação às "leis carnais" revela a secreta paixão de Tancredo pela filha e lança sobre o pai ciumento a culpa atribuída aos amantes. As leis da natureza e da juventude têm precedência sobre os desejos perversos do velho Tancredo. A confrontação entre pai e filha torna-se, na narrativa de Boccaccio, uma oportunidade de discutir a supremacia do amor e seu poder de superar as diferenças sociais:

> Mas agora vejamos um pouco os primeiros princípios das coisas, pelo que verão que todos conseguimos nossa carne do mesmo gado e que todas as almas foram criadas pelo mesmo Criador com faculdades iguais, os mesmos poderes e virtudes. Antes de mais nada é o valor que nos distingue, a nós que nascemos todos iguais; daí aqueles que tinham mais valor e mais fizeram uso dele foram chamados nobres e o resto, ignóbeis (300).

A invocação por Ghismonda dos princípios e ideais cristãos torna-se o veículo de uma crítica da própria ordem social. Seu amor literalmente liberta-a da sua condição social e familiar e a devolve a uma condição original justa.

É notável que essa crítica aguda mas um tanto ingênua da injustiça social seja possibilitada pela redução dos limites espaciais e as restrições impostas pelo conflito à dimensão familiar e privada. Já não estamos confinados no espaço do castelo, com sua ordem e hierarquia; em vez disso, estamos num espaço delimitado e definido por indivíduos, com suas motivações e desejos variados. Esse "individualismo" marca um abandono radical das narrativas medievais anteriores e aponta as novas e mais complexas condições que governam a violência produzida pelo ciúme e a rivalidade.

Apesar das palavras apaixonadas da filha, Tancredo não consegue superar seu ciúme e seu desejo de ser o único a possuir Ghismonda. Manda seus homens estrangularem Guiscardo e arrancarem o seu coração, que coloca numa taça de ouro e envia à filha, que nesse ínterim preparou veneno para tirar a própria vida. Assim que recebe o coração, Ghismonda leva-o à boca, beija o órgão morto inúmeras vezes e prepara-se para morrer. Então

> a dama, depois de chorar tudo o que seu coração pedia, ergueu a cabeça, enxugou os olhos e disse: "Ó coração amado demais, realizei todos os meus encargos para com você e nada mais me resta fazer exceto levar a minha alma para lhe fazer companhia." Assim dizendo, pegou o frasco com o

veneno preparado no dia anterior e derramou seu conteúdo na taça em que estava o coração banhado em tantas lágrimas dela; então, colocando ali a boca sem medo, bebeu todo o líquido e subiu à cama com a taça na mão, onde compôs o corpo da maneira mais decente que pôde, apertando contra o peito o coração do amado e, sem nada dizer, esperou pela morte. (303)

O ato final de Ghismonda é sua vingança extrema. Sua devoção ao amante morto nega e rejeita os desejos do pai. Ela decide morrer na própria cama, cenário do seu amor e do ciúme do pai, objeto do desejo incestuoso dele. Seu último encontro simbólico com o amante morto procura abolir a distância que separa os mortos e os vivos, o corpo desmembrado e o corpo anelante que anseia pelo órgão mutilado. A cena da morte de Ghismonda é também uma cena de luto. Antes de beber o veneno misturado com lágrimas e o líquido do coração do amante, ela tem o cuidado de chorar em público a perda de Guiscardo, diante das damas. O desejo de anunciar e exibir seu lamento não é apenas uma confirmação do seu amor face aos desejos e solicitações do pai, mas também um passo necessário para afirmar a igualdade fundamental entre ela e o amante morto. O coração, nesta história, já não é mais um objeto a ser devorado: não está e não pode ser disfarçado. Em vez de uma última ceia, a cena da morte segue e obedece a leis carnais, as leis do desejo e da carne. O coração não é devorado porque o caso de amor é legítimo. O coração não é devorado porque a relação entre Ghismonda e Guiscardo não transgride nenhuma lei dos homens e se opõe aos desejos incestuosos, pervertidos e antinaturais do pai. O conflito que motiva a rivalidade entre o marido e o amante no *Roman du châtelain de Couci* e no *Lai d'Ignaure* é aqui transformado e substituído pelo conflito entre pai e filha. O amante é meramente o agente externo, a necessária terceira parte que traz à vida e força uma resolução da oposição entre pai e filho. O coração de Guiscardo é servido cru a Ghismonda, em estado natural, como que para ressaltar os poderes e vicissitudes da carne. O coração nu torna-se objeto de devoção, mas também pede outro corpo com todos os seus desejos. Assim, as lágrimas de Ghismonda literalmente cobrem e envolvem o coração do amante morto, de acordo com o texto. Cru e sem disfarces, o coração só pode aceitar o líquido claro que chora sua perda, mas também afirma e celebra seus prazeres carnais. As lágrimas, com efeito, tornam-se o substituto ativo do desejo no desfecho do conto. As lágrimas derramadas por Ghismonda sobre o coração do amante cegam-na e reencenam seu último encontro com Guiscardo antes da intromissão voyeurística de Tancredo. A visão e os olhos, os agentes do ciúme e da violência, tornam-se a única saída de Ghismonda e sua derradeira arma contra a crueldade do pai.

As últimas palavras de Ghismonda ao pai confirmam sua rejeição dos desejos paternos com a rejeição do choro dele:

> Tancredo, guarde essas lágrimas para uma sina menos desejada do que a minha, não me dê essas lágrimas, que não as desejo. Quem jamais, senão você, lamentaria o que desejou? No entanto, se ainda sente algo do amor que me tinha, conceda-me um último favor, uma vez que não foi o seu prazer que eu em segredo vivi com Guiscardo: que meu corpo possa sem segredo repousar junto dele, onde quer que o tenha jogado (303).

Suas últimas palavras são um duplo pedido: primeiro, que o pai supere o desejo incestuoso e retorne ao amor paterno natural e "original"; e, segundo, que permita que o coração do amante morto, entrelaçado ao seu no leito de morte, volte ao corpo dele e que ela descanse ao lado de Guiscardo.

O coração devorado de Dante

Os dois contos de Boccaccio introduzem uma série de mudanças importantes na estrutura narrativa da lenda do coração devorado. Descrevem a mudança dos espaços cercados do primitivo castelo medieval para os espaços privados habitados por indivíduos autônomos com desejos e vontades conflitantes. Também deslocam a sub-reptícia substituição da comida pelo coração com a introdução de novas representações que exploram diferentes categorias sociais. A retirada para a esfera privada, no entanto, não foi uma inovação do autor do *Decamerão*. Este recuo encontra sua primeira e mais importante expressão num texto de Dante cuja forma celebra e questiona o privado: sua autobiografia. Passo agora ao que é talvez o texto mais incomum na tradição da lenda do coração devorado, um texto que nos leva de volta à herança dionisíaca da lenda e suas ramificações neoplatônicas e cristãs.

O terceiro capítulo da *Vita nuova* de Dante (escrita no final do século XIII) tem a descrição de uma visão notável. Certa tarde, Dante encontra Beatriz na rua:

> Ela voltou os olhos para onde eu estava, temeroso, com aquela indescritível graça pela qual é hoje recompensada na vida eterna, e me saudou de forma tão miraculosa que naquele momento acreditei contemplar toda a bênção. Era precisamente a nona hora daquele dia, três horas da tarde, quando sua doce saudação chegou até mim. Como essa foi a primeira vez que me dirigiu a palavra, fiquei tão extático que, como bêbado, me afastei de todos e procurei a solidão do meu quarto, onde comecei a pensar na mais graciosa das damas

> e, pensando nela, caí num doce sono e uma visão maravilhosa me apareceu. Vi uma nuvem cor de fogo e, nessa nuvem, um homem soberbo, temível de ver mas também magnificamente cheio de alegria. Ele falava e dizia muitas coisas, das quais eu compreendia apenas umas poucas; uma era *Ego dominus tuum* [Sou o seu senhor]. Via em seus braços uma figura adormecida, nua mas levemente envolvida num pano rubro: a dama que naquele dia se dignara a falar comigo. Numa das mãos parecia segurar algo em chamas e me dizia essas palavras: *Vide cor tuum* [Vê o teu coração]. E depois de algum tempo ele acordou aquela que dormia e a forçou ardilosamente a comer daquilo que ardia em sua mão; ela comeu, tímida. Pouco tempo depois, sua alegria deu lugar ao choro mais amargo e, chorando, envolveu a dama nos braços e juntos subiram aos céus. (5-6)[4]

Esse fantasmagórico consumo do coração ardente marca um momento crucial no relato de Dante em *Vita nuova* e no desenvolvimento da sua poética. A visão de Dante contém uma série de inversões que emolduram o conteúdo da "visão" e a ligam à situação que parece tê-la produzido. O sono de Dante, induzido pelo poder das palavras de Beatriz, dá a imagem de uma Beatriz muda, adormecida, passiva, forçada a comer parte do coração em chamas do poeta. Ele é identificado na visão com o coração ardente, nomeado como seu. O ato de comer o coração também é induzido de fora, pelo senhor que o segura. Mas aqui o coração não está mais disfarçado; ao contrário, é consumido pelas chamas e Beatriz simplesmente come um pedaço dele. Mais importante, a posição de Dante parece refletir a do amante e o senhor que segura o coração do poeta espelha remotamente a posição do marido. O consumo parcial do coração diferencia a visão de Dante das demais versões. Sugere incompletude e ausência de desfecho, uma carência que em certo sentido vai gerar a estrutura poética de Dante, culminando na reunião no céu com o corpo ausente e perdido de Beatriz. Também culminará na recuperação da sua própria identidade.

Dante, nessa visão, é testemunha da revelação do seu destino e verdadeira identidade. Ele é simplesmente um observador, um participante passivo, como a adormecida Beatriz. Como tal, sua visão assemelha-se remotamente ao espelho de Dioniso e a sua perda na busca do reflexo de sua verdadeira imagem e identidade. Mas é também uma variação narcisística do espelho dionisíaco. A visão de Dante, em parte devido ao seu caráter triangular ou trinitário, elimina a diversidade e multiplicidade geradas pelo sacrifício dionisíaco e opta em vez disso por um reflexo narcisístico redefinido. Entre os dois espelhos, entre Dioniso e seu destino e Narciso com sua trágica nostalgia, a visão de Dante produz e delineia seu próprio desenvolvimento e desdobramento. É como se a visão de Dante interiorizasse o espelho dionisíaco sob a aparência e disfarce narcisísticos de modo a lastrear o surgimento do projeto poético que inaugura. Entre os dois espaços, o público e o privado, o coletivo e o individual, está a inovação e originalidade da visão de Dante. A posição única de Dante, tanto como testemunha quanto como participante passivo num cenário de desejo e transcendência, desloca e redefine o sentido figurado do coração e seu consumo por Beatriz.

E não é coincidência que tudo isso seja construído e gerado por uma simples saudação, palavras de cumprimento mas também de reconhecimento e identificação. A visão de Dante parece espelhar outra saudação, a da Anunciação, pelo modo com que descreve o miraculoso nascimento da sua manifestação poética e a celebração da dama como agente mais privilegiado para tal geração. Enquanto na Anunciação é o anjo Gabriel que saúda Maria, na autobiografia de Dante é Beatriz quem saúda o poeta. Essa inversão é crucial, pois assinala a incorporação e o deslocamento dos elementos narrativos da Anunciação para a história que leva à visão do poeta e o seu conseqüente relato da busca de interpretação. A trajetória poética de Dante está plenamente inscrita nesse encontro inicial e totalmente determinante com o poder das palavras de Beatriz. A estrutura trinitária da visão, reforçada e repetida três vezes na *Vita nuova*, deixa Dante querendo reunir sua dama a parte de si mesmo. Para fazer isso tem que empreender a busca que é a jornada da *Divina Comédia*. A visão de Dante, desencadeada pelas simples palavras de saudação, anuncia um começo que já inscreve o desfecho no seu próprio espaço e torna portanto necessário ao poeta passar por uma série de experiências que levam à sua epifânica gratificação.

A visão de Dante constitui um afastamento radical em relação às articulações convencionais da lenda do coração devorado e sua inscrição numa moldura definida pela Eucaristia e o culto do Sagrado Coração e situa seus poderes geradores num ambiente que prenuncia a emergência de uma identidade e subjetividade poéticas específicas. Pois o impacto imediato da visão consiste na redação de um soneto que a descreve e pede uma interpretação do seu sentido e conteúdo. A visão dá origem assim à produção lírica e o soneto separa a visão de seu contexto imediato, fazendo-a circular numa comunidade de poetas, comunidade fundada num interesse comum pelo amor e sua economia poética: "Refletindo no que vi, decidi torná-lo conhecido a muitos dos famosos poetas da época. Uma vez que recentemente descobri minhas habilidades poéticas, resolvi compor um soneto no qual abordaria todos os fiéis temas do Amor; e pedindo a eles que interpretassem minha visão, escrevi-lhes tudo que vi em sonho" (III:6). A visão de Dante, fundada numa estrutura de revelação e anunciação, torna possível para ele inserir-se na comunidade dos poetas, a comunidade definida e governada pelo Senhor de Amor, operando assim a transferência da esfera privada para a esfera pública, do pessoal para o comunitário. O próprio soneto inscreve o exercício poético como uma forma de revelação mas também como a articulação do desejo de integrar-se à nova comunidade. O soneto de abertura da autobiografia inaugura sua jornada poética e apresenta essa inauguração sob a forma de uma pergunta e um pedido. A própria estrutura do soneto, ademais, reinscreve a visão e atualiza seu impacto sobre o poeta. Em outras palavras, a reformulação lírica da visão torna-se o solo fértil para a expressão da identidade do poeta. Eis o soneto:

A toda alma e coração cativos
Para os quais estes versos componho,
A fim de que em troca me elucidem,
Saúdo em nome do Amor, seu senhor.
Já quase um terço da hora noturna
Em que brilham as estrelas se fora
Quando súbito Amor me apareceu
(E ainda tremo agora ao relembrá-lo).
Feliz Amor me pareceu, na mão
Meu coração, minha dama nos braços,
Num leve pano envolta, adormecida.
Acordou-a então e delicadamente
Deu-lhe de comer, aterrorizada,
O ardent' cor'ção. E se foram, chorando.
(III:6)

A visão, desencadeada por um simples cumprimento de Beatriz, torna-se na sua forma lírica uma saudação dirigida à comunidade dos poetas. O cumprimento de Beatriz levou ao sono do poeta e o soneto produz uma busca de sentido e interpretação. O texto passa da narração ao lirismo, do estado passivo daquele que dorme ao desejo ativo de reconhecimento e interpretação por parte do poeta. O *Ego dominus tuus* da visão era agora interpretado por Dante como sua vocação poética. A transformação da visão em momento fundador da *Vita nuova*, graças a sua interpretação e reformulação lírica, encontra seu desfecho em novas formas e modos de comunicação e troca discursiva:

> Este soneto foi respondido por muitos com diversas opiniões, dentre eles um que considero meu maior amigo, que compôs um soneto começando assim: 'Creio que achou tudo virtuoso.' Ao lhe mandar o soneto, ficamos amigos (III:7).

O coração devorado do poeta, em função de sua trajetória do visionário ao lírico, abre a porta para a forma ideal de comunicação subjetiva: a amizade. A reação poética à terrível visão é assim domesticada e neutralizada através da troca e interpretação discursivas dialogadas. O segredo da visão, inicialmente inacessível, revela-se e revela seu mistério graças à lírica temporalidade e interpretação da poesia: "A verdadeira interpretação do sonho que contei não foi percebida por ninguém então, mas agora é bem clara, mesmo para o menos sofisticado" (III:7). O coração devorado de Dante traduz-se em lirismo, em palavras que descrevem seu tema como objeto de consumo carnal e canibalístico, ao mesmo tempo que se oferecem à temporalidade e ao trabalho de interpretação. O Senhor de Amor, que inicialmente controla e possui o corpo de Dante na visão, torna-se o meio e veículo para sua autodefinição poética, o impulso para seu relato autobiográfico e a descoberta e busca de sua vocação poética. O surgimento da amizade em conseqüência da busca de sentido e interpretação conclui o desfecho da apropriação poética e lírica e a transfiguração da revelação interior e pessoal da subjetividade e identidade do poeta. A amizade, que é um ideal de comunicação e intercâmbio discursivo, vem então a substituir a revelação pessoal da visão. A mudança de um mundo pessoal, privado, imaginário, para o mundo da amizade discursiva é acompanhada pela domesticação de Beatriz, isto é, por sua exclusão como presença poderosa e sua redução a objeto de troca e representação discursivas. Ela agora transformou-se em lugar poético de Dante, fim da sua busca lírica; e ao longo da sua jornada Dante vai revelar-se ao amigo e, dessa forma, a si mesmo. A amizade vem tomar o lugar dos poderes incontroláveis do sonho e o Senhor de Amor, que de início possui o coração do poeta, transforma-se no seu mestre poético, seu guia no mundo da poesia e da amizade.

Espelhos da amizade

A fundamentação dessa subjetividade deixa completamente o espaço interpessoal criado pela paródia e a rivalidade, a mesma rivalidade refletora que encontramos nas primeiras versões da lenda do coração devorado. Esse movimento inaugurado por Dante rumo à instituição de uma nova subjetividade, um novo tipo de espaço interpessoal, é sucintamente explicado por Bacon no seu ensaio *Da amizade*:

> A parábola de Pitágoras é obscura, mas verdadeira: *Cor ne edito*, 'Não devore o coração'. Com certeza, se temos que dizer a coisa de forma dura, aqueles que querem amigos com os quais se abrir são canibais do próprio coração.

> Mas uma coisa extremamente admirável (e aí está o primeiro fruto da amizade) é que a comunicação do eu de um homem com seus amigos funciona em duas mãos contrárias: redobra as alegrias e divide as penas ao meio.[5]

Esse cálculo baconiano do eu, gerado e fundado no lema pictagórico, procura evitar um grande risco, uma "doença imobilizante e sufocante", a antropofagia aterradora e destrutiva. A terrível antropofagia nomeia aqui o coração sede da comunicação e órgão que, no e através do intercâmbio discursivo, está na base da comunidade, de uma coletividade seleta definida por sua negociação discursiva com comunicação ativa. A invocação baconiana da obscura parábola pitagórica, de certa forma reminiscente da visão dantesca, despoja a narrativa por trás da parábola da sua moldura teológica e de culto, tirando-a do seu contexto alimentar e teológico para reconfigurá-la em termos das interrelações entre o eu e o outro, entre o eu e o discurso. A experiência partilhada da amizade substitui o discurso pelo ato de comer e identifica a linguagem como meio de reconhecer e quem sabe superar a alteridade.

A ausência de amigos exige uma perigosa mudança interior, uma transformação que elimina a possibilidade de qualquer comunicação discursiva e que por isso contamina o corpo e devora o eu. Falar com um amigo é o mesmo que respirar. É o sustento da vida. E é assim porque permite externar o coração, sede do eu no corpo. Essa exteriorização, no espaço privado da amizade, literalmente abre o coração, isto é, torna visível o que é apenas uma imagem, uma representação figurada do eu. Em outras palavras, passamos do pitagórico *Cor ne edito* original para a transfiguração do bíblico *Vide cor tuum* na visão de Dante e sua geração da procura lírica de interpretação e amizade. E o círculo se fecha, da proibição inicial ao desejo mais exibicionista, da extração do coração como objeto comível a sua oferta sob o pretexto e disfarce de comunicação lingüística, da proibição que dita o que pode e o que não pode ser partilhado como comida à vontade de partilhar tudo e, acima de tudo, o próprio eu.

A amizade de Bacon, na sua definição pitagórica, transforma o corpo do interlocutor no espaço privilegiado para a troca e circulação de palavras. O corpo aparece como um lugar para escrever e falar, cenário de definições e manipulações discursivas cujo principal objetivo é evitar a ausência de palavras com seus poderes de cura. A nova dinâmica do corpo, fundada na amizade, opera e informa a instituição do discurso como princípio vital para a sobrevivência do corpo. O silêncio, nesse contexto, é a mais perigosa de todas as condições, pois modula a ausência de qualquer possibilidade de exteriorização na decadência das palavras desejosas, que se transformam em poderosos instrumentos que ameaçam ferir e devorar o corpo. O silêncio – ou a ausência de um interlocutor adequado e qualificado: o verdadeiro amigo – divide o eu em partes em disputa e reduz o corpo a um cenário de violência e ímpetos canibalísticos. O discurso possibilitado pela amizade, o discurso que é a própria amizade, permite partilhar experiências graças às e através das palavras e assim inventa um novo espaço no qual se movem e circulam as perigosas, ameaçadoras palavras. Portanto a amizade, no ensaio de Bacon, adquire uma condição mágica. Torna-se, com efeito, o equivalente da pedra filosofal:

> Pois não há homem que confie suas alegrias a um amigo sem ficar ainda mais feliz ou que confie suas penas e não fique menos penalizado. De sorte que na verdade, em seus efeitos sobre a alma, a amizade possui a virtude que os alquimistas atribuem à sua pedra filosofal sobre o corpo, a saber, ela produz todos os efeitos contrários, mas sempre em proveito da natureza, para o seu bem (141).

A amizade, pedra filosofal de palavras, neutraliza os perigos inerentes às palavras quando não são partilhadas com um verdadeiro amigo. A linguagem e o discurso, o próprio ato de comunicação, dobra e duplica o eu. A multiplicação do eu, a criação de uma imagem reflexa do próprio eu, constitui a proeza radical da amizade porque possibilita a expansão do corpo e dos seus desejos através do espaço interpessoal da comunicação. É em última análise esse espelhar que explica o recurso de Bacon à fórmula pitagórica. O ato de canibalismo subjacente às palavras de Pitágoras implica um violento desejo de matar e eliminar o jovem deus Dioniso, de literalmente apagar todos os vestígios do seu corpo, ao passo que a amizade quer duplicar o eu, reproduzir uma imagem do eu e refletir uma imagem do outro que é, ela própria, a mesma. Nessa perspectiva, a antropofagia equivale ao extremo narcisismo, o ego devorando o ego pela falta de um outro reconhecível, ou ao mergulho e perda num mar de egos alheios. O coração é assim um espelho. É com efeito o espelho por excelência, pois agora reflete os desejos mais ocultos e os impulsos mais poderosos do eu interior. O coração é um receptáculo de coisas, que aí tomam forma e aguardam sua articulação discursiva, sua transformação e liberação através de palavras. O coração marca a emergência do eu do abismo narcisístico para o mundo da comunicação. O coração continua sendo o princípio e sede da vida, o lugar vital do ser, mas está agora aberto ao outro, para a exterioridade e seus poderes liberadores através do discurso que é a amizade. Assim,

> um homem tem um corpo e esse corpo está confinado a um espaço; mas onde há amizade todas as funções da vida lhe são, por assim dizer, garantidas, a ele ou a seu representante, pois pode exercê-las através do amigo (144).

A amizade é uma extensão do corpo, duplicado por ela porque abre o coração e expõe seus mais íntimos sentimentos ao verdadeiro outro.

O *Cor ne edito* de Pitágoras proibia a ingestão de carne humana, proibia em nome da comunidade, do princípio universal da vida que une todas as formas e reside no coração humano. O *Hoc est corpus meum* cristão oferecia o corpo místico do Cristo como ato extremo de comer que tem o poder de neutralizar e reverter aquele outro momento desastroso do comer na origem da história humana. Na Eucaristia, a dimensão comunitária da oferenda transcende a individualidade de modo a alcançar a salvação da espécie humana. O *Vide cor tuum* de Dante e a transformação baconiana do *Cor ne edito* pitagórico celebram uma forma diferente e emergente de comunidade, uma comunidade fundada nos impulsos e desejos do indivíduo, na busca de enclausuramento do poeta e no papel determinante extremo desempenhado pela manipulação lingüística e a produção discursiva. A nova comunidade anunciada por Dante e celebrada por Bacon é uma comunidade antes e acima de tudo constituída por indivíduos, sujeitos falantes individuais. A comunidade ideal de Bacon é um corpus com órgãos sujeitos à doença e à cura:

> Sabemos que doenças paralisantes e sufocantes são as mais perigosas para o corpo; e não é diferente com a mente: pode-se tomar salsaparrilha para desopilar o fígado, ferro para o baço, flor-de-enxofre para o pulmão, castóreo para o cérebro, mas não há receita para abrir o coração exceto um amigo verdadeiro (144).

O coração é agora a chave para a mente e a alma, e a chave para o coração é a abertura, quer dizer, sua exteriorização e visualisação numa troca e oferenda discursivas. A abertura do coração, sua publicação nesse campo extremamente privado que é a amizade, requer a presença de um outro, um interlocutor capaz de compreender e trazer à luz os pensamentos e palavras que assombram e habitam o coração. O caráter da amizade, fundado como é no desejo e na necessidade de superar as ameaças mortais de silêncio que transformam palavras em feridas no coração, institui uma modalidade de troca, uma economia de transferência e substituição entre os dois integrantes da amizade. No texto de Bacon, essa substituição e transferência são provocadas em larga medida pelo horror ao canibalismo. A amizade, com sua efetiva intervenção no terreno do coração, serve de proteção contra a antropofagia e o cálculo que se segue não faz mais do que registrar e explicar as maneiras pelas quais a amizade, como discurso, evita as armadilhas da antropofagia.

Esse cálculo do eu constitutivo da amizade não é exclusivo do texto de Bacon; é um lugar-comum no discurso da amizade. A originalidade do ensaio de Bacon está na articulação desse cálculo em termos do coração e sua economia canibalística. Bacon consegue assim dar uma nova dimensão às tradições e convenções do discurso sobre a amizade, uma dimensão que diferencia o seu ensaio de outros textos clássicos que tratam da mesma questão. No seu ensaio sobre a amizade, retomando e controlando o discurso clássico, Montaigne expõe uma versão do cálculo do ego. Seu texto visa antes de mais nada distinguir entre amizade e todas as outras formas de relação humana: maternidade ou paternidade, casamento etc. A amizade é única exatamente porque, em certo sentido, não envolve nenhum outro eu. Ou, para ser mais preciso, porque envolve um outro eu que não é, em última análise, outro. É a isso que Montaigne se refere como o milagre da amizade:

> Pois essa perfeita amizade de que falo é indivisível; cada um se dá de forma tão completa ao amigo que nada resta para distribuir alhures; por outro lado, está insatisfeito por não ser dois, três ou quatro e não ter várias almas e vontades para dedicá-las todas a esse tema... Uma extraordinária amizade principal desfaz todas as demais obrigações. O segredo que jurei não revelar a ninguém mais além de mim pode, sem risco de perjúrio, ser comunicado a quem não é outro senão eu mesmo: ele sou eu.[6]

O milagre da amizade, a duplicação do eu sem qualquer alteração, permite a Montaigne afirmar que a amizade é uma forma excepcional e bastante privilegiada de relacionamento humano. Também é responsável pela estrutura figurada do texto sobre a amizade no livro de ensaios de Montaigne e pela diferença radical que tem com o texto de Bacon. Pois, no caso de Montaigne, amizade é também primordialmente uma amizade específica, historicamente real, que foi seu relacionamento com La Boétie, decorrendo dessa condição específica o resto do discurso. O ensaio de Bacon, por outro lado, é escrito e concebido como um texto sobre a amizade em geral, sem quaisquer referências imediatas envolvendo o autor ou narrador. Além do mais, Bacon transcende o lugar-comum das referências à Antigüidade e aos textos clássicos, colocando a fábula pitagórica no centro da sua argumentação. O impacto do surgimento de um discurso sobre canibalismo no contexto geral da amizade coloca à parte o ensaio de Bacon. Também faz eco a vários textos religiosos e teológicos que discutem a antropofagia – mas apenas como um sussurro distante. Limitar-me-ei a um único exemplo.

Uma economia da ressurreição

Agostinho, em *De civitate dei*, traz uma discussão interessante do canibalismo em termos que se aproximam a trechos do texto de Bacon. Ao tentar responder à difícil questão da ressurreição de um homem cujo corpo (ou parte dele) foi devorado por outro numa epidemia de fome, Agostinho volta a metáforas monetárias que inscrevem o canibalismo como uma forma intrigante de troca e circulação do corpo e suas partes:

> Toda a carne que a fome consumiu no homem faminto evidentemente sumiu no ar e, como eu disse, o Criador tem o poder de devolvê-la. De forma que essa carne será restituída ao homem no qual começou a ser carne humana. Podemos considerar que o segundo a tomou emprestado; deve ser portanto, como dinheiro emprestado, devolvida a quem foi tomada [*Ab illo quippe altero tamquam mutuo sumpta deputanda est; quae sicut aes alienum ei redhibenda est, unde sumpta est*]. E a carne que a fome consumiu nesse homem lhe será restituída por aquele que pode devolver até o que sumiu no ar.[7]

A resposta de Agostinho a "esta questão dificílima" não é de forma alguma surpreendente. Continua, na verdade, uma antiga tradição de interpretação cristã da ressurreição e suas modalidades. Espantosos, excepcionais são os termos da resposta: a metáfora monetária e suas implicações teológicas. Para Agostinho, Deus ocupa a posição de banqueiro absoluto que controla e supervisiona o crescimento e intercâmbio de carne humana desde a criação até a morte e a ressurreição.[8] Além disso, Agostinho evita abordar diretamente a questão da antropofagia, pois parece insistir que a fome é a verdadeira culpada, a verdadeira consumidora da carne do outro.

A circularidade do sistema de circulação de carne, apesar da sua transformação transitória, do seu perfeito acabamento sem qualquer perda ou sobra, constitui o elemento necessário para a intervenção bem sucedida de Deus. A carne – moeda corrente e agente da criação de Deus, do criador e suas criaturas, unidade de troca entre o criador, a natureza e sua criação – não admite qualquer transformação ou transfiguração absoluta. Não dá espaço à mudança permanente. Em vez disso, intensifica e ilustra o domínio absoluto do criador sobre as criaturas e todas suas manifestações possíveis. A economia da antropofagia, no texto de Agostinho, exige uma economia estrita e restrita da carne, da matéria da terra e da humanidade, de forma que Deus possa avaliar e afirmar seus poderes. Mas para fazê-lo tem que recuperar, pelo menos teoricamente, toda carne que se tenha perdido ou consumido com perversidade.

A premente literalidade da troca, sua insistência no desfecho absoluto, extraordinária mas perfeitamente compreensível, marca o corpo físico como um teatro e *playground* do domínio e manipulação de Deus sobre a carne de suas criaturas. É também o lugar onde Deus, o criador, tem que demonstrar seu poder absoluto, sua capacidade de restituir o que foi tomado, consumido e transformado pelo canibalismo. O cálculo da recuperação divina da carne que constitui a ressurreição demarca o corpo, na sua manifestação mais material, como lugar da queda e da perda. Inscreve a carne como veículo para transferência e transformação. Da mesma maneira que Deus se manifesta na carne, também a carne humana volta às origens no ato originário e contínuo da incorporação arquitetada pelo Criador. A economia da ressurreição funda-se na escatologia agostiniana e no lugar especial que o corpo físico ocupa nessa escatologia. Funda-se também, para a inteligibilidade e centralidade do modelo econômico, na relação contratual básica entre o homem e seu criador, entre o crente e seu deus. O ato fundador da fé, o contrato original que une a comunidade de fiéis nas suas relações especiais com o Criador, não é outro senão o *symbolum*, isto é, um contrato verbal e lingüístico modelado na prática antiga do comércio e das formas de troca. A estrutura subjacente à articulação e expressão da própria fé reproduz o modelo de troca e reunificação, baseado em elementos comerciais e monetários, que dá unidade à comunidade de crentes. O *symbolum*, recitação de artigos de fé cristãos e, como diria Agostinho, inscrição desses artigos nos corações dos crentes, reflete e espelha a economia da recuperação da carne perdida e deslocada. Em termos teológicos, funda o modelo pelo qual o canibalismo é negado através da intervenção divina no reino da carne humana. O cristianismo põe fim assim, simbolicamente, ao canibalismo e à antropofagia introduzindo uma nova forma alegórica de troca, uma nova estrutura figurativa de dívida e resgate – em suma, uma nova economia do eu e sua carne e sua relação com o Criador. A discussão do canibalismo por Agostinho, nesse sentido, fornece meramente a prova e estabelece a norma para a argumentação e demonstração cristãs dos poderes do divino e seu domínio absoluto dos negócios da carne.

O discurso sobre a amizade no texto de Bacon, fundado como é na centralidade da condição figurada do coração humano e das formas de transferência e troca que possibilita, parece absorver e engolir o cálculo divino da ressurreição sob a forma de um cálculo do ego e seus desejos de espelhar-se no outro.

Deus, especulador financeiro último e absoluto, não permite qualquer especulação. Sua moeda de troca, seu dinheiro, seu instrumento de comércio, por assim dizer, é a carne, a carne humana, substância que emana dele mas já não é exatamente igual a ele. A circulação de carne, sua interiorização como alimento e seu conseqüente desaparecimento no ar, requer uma intervenção divina, uma operação restauradora que restituirá a carne perdida e errante ao corpo de que foi extraída. A economia do canibalismo no texto de Agostinho é fundamentalmente um ímpeto e desejo nostálgicos, uma nostalgia da origem e da plenitude do estado original da criação. O aparecimento de metáforas monetárias e econômicas, junto com seu contexto jurídico e legal, comprova o desejo de restituição, isto é, uma volta ao estado anterior. O texto de Agostinho implica, portanto, o canibalismo e sua decisão como outra manifestação dos poderes do divino.

O ensaio de Bacon, nesse sentido, é um notável documento que traduz essa economia divina, motivada pelo desejo nostálgico de uma reunião necessária e inevitável com a origem, em economia humana fundada no discurso e nos poderes curativos das palavras. A carne que circulou no espaço e no tempo à espera da reunião com o corpo no dia final torna-se palavras, residindo no coração e esperando uma oportunidade e um interlocutor para ser proferida e passar ao ar rarefeito da amizade. O coração não é apenas o local da amizade e da comunicação, é também um microcosmo plenamente ativo que ressitua o universo no qual a carne viajou. O coração, veículo do eu no discurso e através do discurso, não pode e não deve ser fechado ou selado. Ao contrário, precisa se abrir, mostrar-se, manifestar-se, expressar-se e circular – entre amigos, claro, e somente entre amigos. A mudança de uma cosmologia cristã para um domínio humano é assim acompanhada por uma inversão das modalidades de troca e transferência, uma inversão dos modos e maneiras de recuperação, de doença e convalescença. O coração, agora centro das relações humanas e portador da própria verdade, precisa de um público, um público extremamente restrito e limitado, mas um público. Se o Deus de Agostinho pode devolver o que se desfez no ar, o amigo baconiano pode sarar o coração ferido e enfermo com palavras simples mas poderosas.

Cor ne edito: a proibição total de Pitágoras é agora simplesmente uma parábola do e para o coração, ou seja, um objeto lingüístico e discursivo em busca de interpretação cuja verdade está no centro das novas representações que surgem do corpo e seus órgãos, do coração e suas figuras, do eu e da identidade. A proibição pitagórica indica agora uma forma parabólica de canibalismo, uma transmutação figurada do corpo do outro no corpo próprio e do próprio eu no outro corpo sob o disfarce da amizade. "Não devore o coração", pois o coração é o que não pode mais ser comido, pois é habitado por palavras que espelham o eu na sua busca de um amigo. Em outras palavras, o coração de Bacon, à maneira do Senhor de Amor de Dante, exibe-se, mostra o seu âmago àquele que se espelha da mesma maneira, abrindo o próprio coração. O coração, órgão da vida e da fala, do renascimento e da regeneração, do sagrado e do mágico, foi por fim totalmente humanizado. Ele foi dado ao homem como ferramenta e instrumento de amizade, como meio de dominar o próprio eu e a carne por meio das palavras e nas palavras que o habitam.

TRÊS

O amado no prato: "Coração devorado"

"Pois tudo que entra na boca é lançado fora no ar"... Abrindo os olhos, eles entraram no caminho da morte.

SANTO IRINEU, *CONTRA AS HERESIAS*

Jean-Pierre Camus (1584-1652), bispo de Belley, admirador e amigo íntimo de São Francisco de Sales, foi um dos mais prolíficos escritores cristãos na França da primeira metade do século XVII.[1] É autor de mais de quarenta livros e de uma vasta série de contos, a maioria dos quais retrata eventos excepcionais e algo bizarros. Seu objetivo geral foi escrever uma coleção enciclopédica de contos que cobrissem todo o espectro das emoções humanas. Por trás desse empreendimento monumental está a crença de Camus no valor pedagógico da narrativa e sua convicção de que o meio mais adequado de ensinar a moralidade cristã ao público em geral é o recurso a pequenas histórias exemplares de que se poderia tirar uma moral.[2] Assim, o corpus da sua obra, nas palavras de um dos seus raros editores modernos, foi organizado em três partes gerais: "[Camus] organiza esse vasto material distinguindo três tipos de coletâneas: de histórias trágicas, de histórias agradáveis e recreativas e, a mais numerosa, de histórias excepcionais e exemplares."[3] Desse vasto e rico material vou me limitar a analisar um conto sobre um caso perverso de antropofagia. *O coração devorado* apareceu na coletânea publicada por Camus em 1630 com o suculento título *Espetáculos de horror em que se revelam vários sintomas do nosso século* (*Les Spectacles d'horreur où se découvrent plusieurs effets de notre siècle*).[4]

No prefácio, Camus informa os leitores que os contos na maioria são novos e originais. Mesmo aqueles tomados a autores antigos, diz ele, foram substancialmente alterados:

> Encontrará, leitor, nestes espetáculos, entre os contos novos em folha, alguns que já foram escritos, que recolhi em livros pouco comuns e que dificilmente achará em outra parte. E posso de algum modo chamá-los novos, pois se não o é o estofo, é a maneira de contar; tal é, a meu ver, o interesse maior dessas composições.

A maneira como Camus reivindica a originalidade de algumas das suas histórias dirige a atenção do leitor para suas qualidades estilísticas e literárias.[5] Mas ele se atribui também o mérito de tornar disponíveis algumas histórias que seria difícil encontrar de outro modo. *O coração devorado*, como veremos, é o caso ideal para verificar os enunciados do prefácio.[6] Embora apresente sua história como relato de acontecimentos recentes e atuais, é bastante provável que seja simplesmente o resultado da montagem e reescritura de histórias mais antigas.[7] De fato, essa dupla condição ficcional do conto constitui um dos seus aspectos mais interessantes e reveladores, pela maneira como permite a Camus explorar uma série de lendas e textos sobre antropofagia. A "composição", para usar a terminologia do autor, consiste numa forte e interessada assimilação de textos mais antigos com a qual o bispo de Belley pretende resolver a tensão entre uma moralidade cristã e uma poética do amor cortesão.

Ventre de mulher, túmulo do amado

Numa primeira leitura, o conto de Camus sobre o coração devorado é uma exposição muito objetiva dos horrores do ciúme e do exercício equivocado da autoridade paterna. Mêmnon, jovem de parcos recursos, apaixona-se por Crisele, bela moça. Depois de muito esforço e insistência dos namorados, os pais dela consentem com relutância no relacionamento e prometem permitir o casamento. Um dia, um velho e rico cavalheiro, viúvo de pouco, vê Crisele e apaixona-se por sua beleza. Apesar da idade e do casamento anterior, Rogat obtém dos pais da moça, persuadidos por sua considerável fortuna, a promessa de lhe dar a mão da filha em segundas núpcias. Triste, a moça casa-se com Rogat por respeito à vontade e autoridade dos pais, pedindo a Mêmnon, ao qual ainda ama, que se mude para outra região. Atendendo aos desejos da amada, Mêmnon alista-se no exército e vai lutar em Flandres. Depois de corajosa luta de cerca de um ano, ele é fatalmente ferido em batalha. Antes de morrer, escreve uma carta a Crisele e confia seu coração a um parente para que o leve a ela. Crisele enterra o coração numa igreja e se entrega ao luto pelo amado. O ciúme de Rogat é atiçado pela aberta devoção da mulher ao jovem morto. O marido trama o roubo do coração à sepultura e instrui seu cozinheiro a preparar com ele um *pâté*. Passa então a servi-lo à esposa. Quando descobre o que aconteceu, Crisele conta tudo ao parente de Mêmnon que lhe trouxe o coração do amado, que desafia Rogat e o mata em duelo. Ela passa o resto da vida num convento.

O tema da antropofagia exposto no texto de Camus pertence, como já vimos, a uma rica e fascinante tradição medieval que tem a sua mais importante manifestação, ou pelo menos a mais conhecida, no *Decamerão*. Mas o conto de Camus ignora de início os seus modelos mais imediatos e invoca a história de Tiestes, paradigma mitológico que representa e simboliza os horrores da antropofagia. Tenta com isso superar os limites da referência imediata para se colocar sob o signo de um novo quadro referencial, o mais genérico possível. Eis o parágrafo de abertura do texto: "Vereis neste horrível espetáculo não exatamente o banquete de Tiestes, mas algo parecido. E até onde pode ir a fúria do ciúme irado, em guerra não apenas com os vivos mas também com os mortos" (28). A lenda conta a história de Atreu, que dá de comer ao irmão Tiestes os próprios filhos deste. Foi usada por Ésquilo para explicar em parte o assassinato de Agamenon. Sêneca dedicou à lenda toda uma tragédia. Além disso, na França do século XVI, recorreu-se muitas vezes à história de Tiestes para descrever o cisma na Igreja e as guerras religiosas entre católicos e huguenotes. Agrippa d'Aubigné, um guerreiro huguenote, nos dá o mais importante exemplo na primeira parte do seu poema *Les Tragiques*:

Tendo por muito tempo combatido no coração
O fogo da piedade, o furor da fome,
A mãe anseia ardentemente pela criança amada
E diz ao filho (menos mãe que esfaimada):
"Entrega, miserável, entrega o corpo que te dei.
Teu sangue retornará à fonte de leite,
Ao seio que te amamentou volta, contra a natureza;
Este seio será a tua sepultura."
A mão treme puxando a faca funesta
Quando, para sacrificar o cordeiro que no ventre gerou,
Com o polegar estica o seu pescoço, que gorjeia
Palavras doces, supondo-se acariciado.
O golpe medonho faz parar seu coração.
Duas vezes a lâmina desce, mão firme.
Tudo é confusão e tormento na alma que já
Nada mais tem de mãe, toda loba.
Dos lábios pálidos jorrando fogos ardentes
E beijos mudados em ávidas mordidas,
Ela abre passagem ao sangue e às almas.
O rosto da criança muda, o riso vira grito;
Ela suspira três vezes e, já sem mãe,
Morrendo, busca com os olhos os olhos da assassina.
Dizem que ao comer Tiestes fez igualmente

Escurecer, fugir e se esconder o sol.
Prosseguimos? Quereis ver o resto
Desse banquete de horror, pior que o de Tiestes?[8]

Essa comovente descrição da mãe que sacrifica o filho, da Igreja que mata alguns dos seus cordeiros, deplora a violência e horror das guerras civis e religiosas como efeitos de uma economia perversa e generalizada de canibalismo. Nesse sentido, a história de Tiestes é um paradigma do canibalismo concebido em termos militares. Comer carne humana e matar são atos associados, convergindo num corpo alegórico dividido por suas necessidades internas e suas obrigações conflitantes consigo mesmo e com os filhos que deve alimentar e proteger. Para Aubigné, a fome, a privação da mãe alegórica e a conseqüente destruição do amor da mãe pela criança constituem os elementos trágicos da sua descrição figurada das guerras religiosas. A referência a Tiestes pertence a uma antiga tradição que remonta pelo menos à tragédia de Sêneca com suas detalhadas descrições dos horrores da antropofagia. A invocação de Tiestes por Camus, na frase que abre o seu conto, não é necessariamente uma referência direta ao texto de d'Aubigné. Mas considerando que os dois autores pertenciam a dois grupos diferentes divididos por concepções políticas e – o mais importante para nós – teológicas, o texto de Camus pode ser visto como uma reação implícita à alegoria de d'Aubigné com a lenda de Tiestes.

A referência a essa lenda no conto de Camus está diretamente ligada à retórica militar, à representação de uma guerra entre os vivos e os mortos ou, mais exatamente, uma guerra dos vivos contra os mortos e sua potencial sobrevivência na representação. Essa retórica militar parece de início meramente um exemplo da representação convencional do amor e do ciúme. Mêmnon, o jovem herói, "conquista gloriosamente o afeto de Crisele" (28-9). Esse uso de uma representação convencional do amor aparecerá de novo no final do relato e de maneira significativa, pois agora basta dizer que a aparência do topos militar no texto é importante porque enfatiza a tensão e conflito entre as várias convenções e tradições que Camus reelabora e desloca no seu relato. Na tradição cortesã, por exemplo, a representação militar da paixão e do amor marca a idealização da mulher, sempre acompanhada de uma ênfase no coração como sede da vida e das paixões oposta ao corpo e à sexualidade. O coração nobre requer um amor casto e sincero. Essa tradição ressalta assim o valor e a valorização da figura feminina ao destacar sua diferença fundamental e inacessibilidade. O amor de Mêmnon por Crisele segue esse modelo: seu amor é espiritual, dedicado a sua imagem idealizada representada pelo coração. É como se Mêmnon pudesse amar apenas a Crisele representada pelo coração, pelos poderes metafóricos investidos no coração, uma vez que sua ligação com ela se funda na reciprocidade, o que proíbe qualquer relação física ou sexual.

A conquista do coração de Crisele por Mêmnon tem que ser entendida literalmente, pois a guerra entre os vivos e os mortos no centro desse relato focaliza os modelos duais de representação que se originam no e lutam pelo controle do coração da moça. Assim, a paixão de Rogat por Crisele é descrita nos seguintes termos:

> Rogat, um dos cavalheiros mais ricos e poderosos da região, ao ver numa reunião a beleza de Crisele, capaz de deslumbrar melhores olhos que os dele, ficou tão embriagado que, sem pensar que já tinha filhos demais do primeiro casamento e que sua idade avançada colocava Vênus irremediavelmente contra ele, achou que já não podia continuar a viver se não possuísse essa beleza que o embevecia (30).

O amor do velho viúvo por Crisele é resultado de uma paixão cega, da cegueira de sua paixão desorientada e inadequada. Seu amor preocupa-se apenas com a posse física, o controle material, a posse da beleza de Crisele. Não é a Crisele que Rogat deseja tanto, mas sua beleza jovem, a esplêndida aparência física que a distingue do resto. Enquanto o amor de Mêmnon era uma *vraye amitié* (verdadeira amizade), o de Rogat limita-se simplesmente ao que Crisele representa, ao seu mero valor como objeto, objeto que pode ser visto e exibido como posse material. Além do mais, a paixão de Rogat pela jovem Crisele é explicitamente sexual, uma vez que não deseja ter mais filhos. Na lógica do conto de Camus, Mêmnon, à maneira de um cavaleiro medieval idealizado, admira e glorifica a beleza de Crisele por si mesma. Rogat, por outro lado, quer promover sua satisfação pessoal casando-se com a bela moça. Com isso, a beleza passará a ser sua propriedade exclusiva, aumentando, segundo sua visão equivocada, o seu status.

O voluptuoso desejo de Rogat pela jovem Crisele, sua submissão ao prazer físico e à luxúria, à cobiça de seus olhos, fazem desse segundo casamento um simulacro do ideal devoto de casamento cristão baseado no amor correspondido e na negação do prazer sexual em si mesmo. São Francisco de Sales, mestre espiritual e amigo de Camus, descrevia caráteres como os de Rogat como "glutões cujas mentes estão nos pratos que comem". Essa metáfora alimentícia, que recorda o pecado da gula, é uma constante na literatura devocional da França do século XVII.[9] O fascínio de Rogat pela beleza de Crisele, apesar da idade avançada e de um casamento anterior, faz dele um exemplo acabado do *profanateur du mariage* (profanador do casamento). Nesse sentido, o amor de Mêmnon por Crisele já não é mais estritamente cortesão, exemplificando ao contrário as verdadeiras condições para um feliz relacionamento cristão. Esse é um ponto importante, porque constitui elemento crucial numa série de detalhes estruturados que revelam a motivação subjacente à composição do relato de Camus e também a maneira pela qual busca diferenciar-se de narrativas anteriores da lenda do coração devorado. Além disso, no que se refere à economia narrativa de *Le Coeur mangé*, é absolutamente essencial que o casamento justo de Crisele com Mêmnon não se concretize e que nunca consumem seu relacionamento físico. Rogat possui o corpo e a beleza exterior de Crisele, enquanto Mêmnon partilha com ela um amor recíproco.

A oposição entre Rogat e Mêmnon, entre o velho e o jovem, é assim formulada em termos do olhar, da visão, daquilo que o olho nu percebe e que é exibido pelo corpo e como corpo, por um lado, e a beleza interior e suas recompensas, por outro. Essa oposição entre os dois protagonistas masculinos, entre o que podemos chamar as duas modalidades do coração no relato de Camus, constitui um dos fatores chaves no deslocamento radical que faz dessa narrativa em relação ao seu contexto "original", isto é, o ambiente cortesão, pagão. Também determina a possibilidade de se tirar uma moral cristã desse relato, fundada na teologia e espiritualidade devocionais, que condene o ciúme cego e o mau uso e abuso da fortuna e da autoridade paterna. Essa moral está em clara oposição à estrutura de todos os contos da lenda do coração devorado (com a notável exceção do Tancredo de Boccaccio – mas aqui o coração não é comido). Ademais, nas versões anteriores da lenda, a consumação da relação física entre a esposa (ou filha, no caso de Tancredo) e o amado determina a natureza do lamento da mulher depois que sabe da morte dele.

O luto descrito nos textos anteriores é um lamento "normal"; ocorre após a morte do amante e, com efeito, a ação do marido visa a iniciar o luto. Neste exemplo, dar de comer o coração do amado funciona como o triângulo convencional em cujos termos o sistema figurado baseado no coração opera a troca e as substituições entre os três protagonistas. Nesse cenário, o lamento da mulher é público e efetivo, pois em última instância leva ao exílio do marido ou maridos. No caso de Camus há um duplo lamento, uma duplicação do luto que acarreta uma mudança e deslocamento cruciais do registro público e comunitário para o corpo de Crisele propriamente dito. Assim, a excepcional organização do texto de Camus tira sua coerência e inteligibilidade de uma concepção diferente das relações entre o corpo da mulher e o lamento, concepção que concebe o luto exclusivamente em termos dos poderes figurados do coração.

Nessa mudança sutil e sub-reptícia introduzida por Camus na narrativa da lenda do coração devorado, podemos ver o deslocamento crítico de vários textos essencialmente cortesãos e "pagãos" cujo gesto primordial consistia em encaixar o amor carnal numa problemática dominada pelo primado da reciprocidade. Nos textos cortesãos, o tema central é o conflito entre dois amores, entre o amor do marido e o da mulher. No texto de Camus, o que é de início apresentado como um esforço para retratar os efeitos do ciúme marital e da cegueira dos pais de Crisele acaba se transformando no princípio pelo qual a antropofagia e sua violência se inscrevem num aparato figurado e narrativo organizado em torno da questão do lamento, do luto, a questão da tumba fragmentária e fragmentada; em última análise, da tumba vazia. Com efeito, em *Le Coeur mangé* essa sepultura é duas vezes esvaziada: primeiro por Mêmnon, antes de morrer, como se quisesse tornar pública uma última vez sua extrema devoção por Crisele e opor essa devoção à união de sua amada com Rogat. Após a morte, Mêmnon decide se fazer representar pelo coração; manifesta-se sob o pretexto do coração arrancado. Assim que recebe o coração do amado morto, Crisele trata de enterrá-lo. O coração substitui o corpo do amado no túmulo original; ele desloca as relações físicas potenciais mas negadas entre os dois jovens amantes para uma estrutura que mais uma vez exclui Rogat. A vingança do marido – tirar o coração do túmulo e introduzi-lo, sob o disfarce de comida, no corpo da mulher – torna possível o que é estritamente proibido, materializando o que em vida foi impossível. Esse segundo túmulo, literalmente o estômago de Crisele, ativa em público pela primeira e última vez a secreta identificação e união dos dois corpos.

A realização dessa união de outra forma impossível tem o efeito de uma retomada do luto, da sua modelação e introdução no corpo da fêmea. Em outras palavras, o coração, uma vez devorado e digerido pelo corpo desejado, na verdade renasce, recriado e regenerado. Não apenas renasce o coração do amado morto, como Crisele recupera temporariamente sua vitalidade e liberdade. Depois de se casar com Rogat, ela

> foi forçada a abandonar o que mais amava na vida, a abraçar um homem que detestava mais do que a morte. Mesmo assim resolveu, por uma força de vontade e virtude extraordinárias, sacrificar-se à obediência e largar as cadeias de ouro que a prendiam e acorrentar-se com cadeias de ferro (34-5).

Ter sido induzida a comer o coração do amado e a revelação da crueldade do marido levaram Crisele finalmente a libertar-se da prisão imposta, contando tudo ao parente de Mêmnon "depositário do coração dele" (42). Este então mata Rogat em duelo.

O luto de Crisele pode assim ser dividido em dois estágios distintos. O primeiro acompanha o enterro do coração de Mêmnon e a pública devoção de Crisele diante da sepultura. Esse luto é performático, consiste na exibição pública de luto, exibição que anuncia o amor por Mêmnon e assim nega um amor verdadeiro pelo marido. O segundo estágio é iniciado pelo próprio Rogat para pôr fim ao primeiro. O coração, transformado e disfarçado de comida para o corpo de Crisele, reduzido a corpo que não passa de comida, reproduz o amante morto, o desejo dele e os efeitos do seu desejo dentro da mulher que ele deseja. Esse segundo luto resultará, no final da narrativa, em outra forma de luto que encena a triste história dos dois jovens amantes:

> Os laços que prendem Crisele são assim rompidos; ela se joga num claustro, onde passa o resto da vida lamentando seus erros e sempre nutrindo na alma a lembrança da crueldade dos pais e da amizade de Mêmnon, podendo assim dizer com a rainha de Cartago tal como descrita pelo maior dos poetas romanos: aquele que recebeu meus primeiros afetos levou-os consigo para o túmulo (42-3).

A passagem da primeira para a segunda fase do luto cria uma mudança no próprio tipo de lamento e leva a uma reorientação e cristalização do desejo da mulher, um desejo que agora cria uma vítima e pede vingança e justiça. O efetivo desdobramento do luto de Crisele, sua exigência de ação, ressuscita definitivamente o amado morto. Ressuscita sua lembrança no corpo violado e transfigurado que agora abriga seu coração desfeito. Regenera os desejos de dentro do corpo do amado morto que não pode mais ser seu sepulcro porque foi violado e transfigurado, porque o coração do morto foi dissolvido e digerido. Essa transfiguração do corpo e do coração que abriga ressalta a centralidade do coração como motor e suporte das múltiplas representações do morto e sua sobrevivência.

O primeiro sepulcro foi simbolicamente esvaziado. O corpo do amado não estava lá: só estaria presente com o coração. O segundo sepulcro, o próprio corpo de Crisele, está vazio também, é apenas um intermediário, uma passagem, uma forma figurada do túmulo, pois comer equivale a enterrar comida no estômago e transformá-la no indispensável alimento da vida do corpo. Dar uma sepultura equivale a ocultar o cadáver e sua natureza efêmera, cobrindo-o, conservando a morte através de uma imagem, uma representação figurada de sua lembrança e sobrevivência. A violação do túmulo por Rogat decorre do seu desejo de confundir numa só essas duas práticas – comer, enterrar. Ele quer eliminar o coração de Mêmnon como vestígio atuante de sua relação com Crisele, destruindo seu túmulo conhecido e lhe negando qualquer outro status permanente. Tenta afastar a sombra de Mêmnon, seu fantasma persistente, destruindo violentamente sua última morada e lhe negando ao coração um lugar de descanso. Tenta, por fim, concluir o enterro de Mêmnon transferindo seu coração para o corpo de Crisele.

A reação inicial de Rogat à devoção da mulher pelo amado morto, por seu túmulo e sobrevivência através dos poderes de representação, é supor que as notícias sobre a morte de Mêmnon são simplesmente mentira, um engodo:[10]

> As visitas tão freqüentes de Crisele à sepultura, o desleixo com a própria aparência, sempre vestida apenas como se estivesse de luto, eram como marteladas na cabeça do nosso velho, de modo que toda a sua imaginação só serviu para despertar na sua mente aquele furioso transporte chamado ciúme. Meteu na cabeça que talvez fossem falsas as notícias sobre a morte de Mêmnon e que sua mulher visitava-o secretamente e não ao túmulo, encobrindo a traição com uma aparência fingida e um sacrilégio hipócrita (39-40).

A confusão de Rogat entre a dor real da mulher e a possibilidade de que não passasse de fingimento sublinha a interação entre sentido figurado e literal que domina o relato. O luto de Crisele, a maneira como se veste, representa, devido a sua condição conjugal, um luto fictício ("veste-se apenas *como se* estivesse de luto"). Correspondendo a essa perigosa ficção há outra, inscrita no próprio túmulo ("dar à memória de Mêmnon uma imagem de vida"). Entre a representação ficcional, figurada, da sobrevivência do morto e o luto real e visível de Crisele, acaba solapada e efetivamente anulada para Rogat a condição de marido. A suspeita que tem da traição de Crisele, com seus efeitos fantasmagóricos, leva-o a matar os restos mortais do morto, como que para se assegurar da sua morte. Essa dupla violência infligida ao morto ou ao que restou dele, ao que Mêmnon deixou para Crisele, constitui a principal transgressão descrita no conto de Camus. Dar de comer o coração do morto torna-se assim para Rogat o único meio de garantir a autenticidade dessa morte e a negação da sobrevivência simbólica de Mêmnon.

A ingestão do coração do amado, no entanto, reaviva a paixão de Crisele e em certo sentido reanima o morto. Esvaziando o túmulo e transferindo seu conteúdo para o corpo de Crisele, o marido inadvertidamente dá corpo ao coração do morto. Dá-lhe o corpo que ele sempre desejou, aquele no qual se torna invisível mas também vivo de novo. A transfiguração do coração, produzida pelo ativo intermédio da comida, expõe os poderes paradoxais da ressurreição do morto no corpo de quem vive e seu desejo de sobreviver como desejo puro. A ingestão do coração muda dramaticamente a atitude de Crisele para com Rogat e a morte de Mêmnon. Em vez da sua reação passiva inicial, da submissão ao destino, ela agora procura vingança. É como se, graças ao coração incorporado do amante morto, Crisele tivesse se transformado em outra – e também no próprio Mêmnon. Assim, "incita o parente de Mêmnon à vingança com tal empenho que ele desafia o velho para um duelo e o faz vomitar sua alma cruel e ciumenta junto com o sangue" (42). Aqui vemos o impacto último da perversa vingança de Rogat. Se nas primeiras linhas do conto Camus apresenta a história como a da guerra dos vivos contra os mortos, podemos agora dizer que o desfecho do *Coração devorado* culmina com o triunfo dos mortos na guerra que travam com os vivos. O coração de Mêmnon, assim que é introduzido no corpo de Crisele, inicia uma reação em cadeia que leva à morte de Rogat. Esta é descrita como o oposto exato da segunda morte de Mêmnon, que se torna uma ressurreição. Rogat tem que vomitar a alma, enquanto o coração de Mêmnon foi comido por Crisele. A morte de Rogat faz eco à morte dupla de Mêmnon porque combina a dimensão militar mencionada anteriormente com um ato figurado homólogo à alimentação forçada de Crisele.

"Espetáculos de horror"

O desfecho da narrativa de Camus, sua perfeita recapitulação do ato de violência original, e a valorização da relação privilegiada entre Crisele e Mêmnon convidam a outra leitura, que realce as conotações e riqueza semântica dos nomes dos três protagonistas da história. No conto de Camus, esses nomes têm uma ordem referencial fundamentalmente diferente da que encontramos nas versões anteriores da lenda. Com efeito, eles abrem o texto a referências mais amplas e problemáticas que nos levarão ao subtexto teológico que guia e informa a organização de *Le Coeur mangé*. Numa das histórias de Boccaccio, a dos Guilhermes, os nomes dos dois cavaleiros que disputam o amor da dama eram quase idênticos, exceto por um qualificador, um marcador de espaço e identidade que também serve para realçar sua proximidade geográfica e sua intercambialidade. Os dois Guilhermes são identificados e distinguidos por seu domínio feudal, pelo nome de seu território e o espaço em que exercem seu poder sem qualquer oposição. A história de sua amizade mútua e da sua perversão em ódio mortal ressalta sua condição similar e a possibilidade de substituição entre os dois domínios que seus nomes representam. No *Coração devorado*, por outro lado, os nomes permitirão seguir a inspiração teológica do conto até o fim.

O nome de Mêmnon leva-nos à *Ilíada*, de Homero, e à *Eneida*, de Virgílio.[11] Nesta, Mêmnon, filho do rei da Etiópia, aliado dos troianos e morto por Aquiles, simboliza a amizade e o sacrifício. Talvez não seja coincidência que o nome de Mêmnon apareça na *Eneida* imediatamente após a cena que mostra as troianas em sua procissão de luto. A *Eneida* é explicitamente referida no final do *Coração devorado*, quando Crisele é comparada a Dido: "Crisele ... poderia dizer como a rainha de Cartago tal como descrita pelo maior dos poetas romanos: aquele que recebeu meus primeiros afetos levou-os consigo para o túmulo" (43).[12] Após a sua morte no campo de batalha e em reconhecimento por suas qualidades, Mêmnon foi imortalizado por Zeus. A imortalidade de Mêmnon, sua passagem simbólica da mortalidade dos homens, através da batalha, para a condição de imortal, reforça a dimensão cristã, teológica e alegórica do texto de Camus. A morte de Mêmnon como homem e sua ressurreição como imortal marca-o claramente como figura identificada com Jesus Cristo.

O nome Crisele, por outro lado, parece vir de Griselda ou Griselde, a famosa esposa e rainha imortalizada por Boccaccio e outros por sua lealdade e paciência.[13] No texto de Camus, o nome define e descreve as ações de Crisele, sua infalível lealdade e devoção ao amado. Enquanto a legendária Griselde era famosa por sua paciência e lealdade ao marido, a Crisele de Camus devota-se ao amante. É uma importante diferença, pois em termos da estrutura teológica da narrativa é crucial que Crisele e Mêmnon não sejam casados.

O nome Rogat é o mais interessante e problemático dos três e também o mais difícil de encaixar no esquema da narrativa. Sua origem é incerta, mas pode estar ligada a Rogaciano (Rogatien), santo e mártir, morto com o irmão Donaciano (Donatien) por volta de 299 d.C. Rogaciano foi preso, torturado e decapitado. Outra origem possível do nome são as rogações, cerimônias celebradas antes da Ascensão. Segundo Gregório de Tours, as rogações foram instituídas por Santo Avito:

> Na homilia que compôs sobre as rogações, Santo Avito diz que essas cerimônias, celebradas antes do triunfo da Ascensão de nosso Senhor, foram instituídas por [São] Mamerto, bispo da mesma cidade [gaulesa] de Vienne cujo bispado era exercido por Avito quando escreveu, numa época em que a população da cidade foi aterrorizada por uma série de prodígios. Vienne foi abalada por tremores freqüentes de terra e bandos selvagens de lobos e cervos entraram pelas portas da cidade, perambulando por toda parte sem temer nada nem ninguém, ou pelo menos é o que ele conta. Esses prodígios

> continuaram por todo o ano. Aproximava-se a Páscoa e o povo humilde e devoto esperava a compaixão de Deus, ansiando pelo fim do terror nesse dia de grande solenidade. Entretanto, na própria vigília da noite santa, quando era celebrado o ritual da missa, o palácio real intramuros foi incendiado por Deus. A congregação entrou em pânico e correu para fora da igreja, pensando que toda a cidade seria destruída pelo fogo ou que a terra se abriria e os engoliria. O santo bispo prostrou-se diante do altar, implorando a misericórdia de Deus com lágrimas e lamentações. O que mais eu poderia dizer? As preces desse famoso bispo ergueram-se aos céus e, digamos assim, suas torrentes de lágrimas apagaram as chamas que consumiam o palácio. Enquanto isso, aproximava-se a festa da Ascensão de nosso Senhor, como já disse. Mamerto disse para as pessoas jejuarem, instituiu uma forma especial de oração, um serviço religioso e uma concessão de esmola para os pobres em ação de graças. Todos os horrores chegaram ao fim. A história do que se passou espalhou-se por todas as províncias e levou todos os bispos a imitar os atos de fé desse prelado. Até hoje esses ritos são celebrados com espírito contrito e coração cheio de gratidão em todas as nossas igrejas, para glória de Deus.[14]

Os nomes dos personagens no "espetáculo de horror" de Camus exibem o princípio estrutural que regula a organização da narrativa. No centro dessa estrutura está o coração, o mais poderoso e importante veículo de representação. O coração é a convergência dos sentidos figurado e metafórico na sede da função corpórea central, ela mesma representada como uma extensão e princípio do corpo vivo. O coração é o núcleo de um aparato de troca e substituições centrado nas possibilidades de representação do corpo, do corpo vivo e do corpo morto, e a apresentação dessa representação em discurso. Entre o corpo e o discurso, como no espaço que separa os mortos dos vivos, o coração desvenda e marca os limites insuperáveis e também as zonas perturbadoras de interferência e interseção entre eles. O "coração" da história de *Le Coeur mangé* é precisamente esse coração devorado e digerido, esse coração oculto e sobrevivente em todas as suas transformações e deslocamentos. Subjacente à exibição figurada da história violenta e misteriosa desse coração há outro mistério, outro segredo, o de nomear e reproduzir com estratégias retóricas específicas um coração inacessível, um coração que é o mistério por excelência, fonte e fundamento da história do coração devorado.

O conto de Camus, identificando seu tema no próprio movimento, devora o "coração", por assim dizer, no relato, no seu impulso de narrar e representar a sua história sob o pretexto de mostrar um ato perverso de alimentação. As simpatias do leitor são obviamente por Crisele e seu amado e, assim, ele é também submetido a uma violência similar, uma alimentação sub-reptícia similar. Nos termos desse duplo registro, o desfecho da história apresenta seu segredo e seu desejo propulsor nas palavras daquele que alimenta à força: o marido. Da mesma maneira que Rogat secretamente dá de comer à mulher o coração do amado morto, a narrativa de Camus procura dar ao leitor palavras e nomes secretos através da história de Crisele e Mêmnon que, uma vez digeridos e assimilados, revelarão todo o poder e as íntimas relações entre alimentar e ler, entre comer ou devorar e escrever. O mundo devorado, disfarçado numa representação, de modo bem parecido com o coração, vai contaminar o corpo e levar a uma forma de rejeição ou "expulsão".

O que Crisele expele, nos termos específicos do conto, é a alma de Rogat ou, mais precisamente, as palavras que o levam a rejeitar e expelir a própria alma, sua pretensão sobre o corpo dela. O ato final da narrativa consagra a perversa união física de Crisele com o amado morto e sua libertação do casamento com Rogat. De maneira similar, o leitor da história é levado a resistir à leitura como uma forma de incorporação, como uma forma de interiorização de um corpo estranho. Essa exterioridade da leitura preserva a condição do texto como outro, como em última análise inacessível. O gesto extremo desse texto, sua grande obsessão fantasmagórica, é um gesto de nostalgia, uma nostalgia devotada a chorar uma perda fundamental, uma incompleta correspondência entre palavras e comida, entre nomes e eventos. O texto de Camus é motivado por um desígnio secreto, um desejo de reencenar um mistério, o mistério cristão por excelência. Esse sonho impossível da narrativa dá nascimento a uma identificação elaborada e sub-reptícia com o relato do mistério que *O coração devorado* pretende reencenar. Uma vez que essa outra narrativa é um mistério, uma vez que ela mesma é um segredo que assedia o relato de Camus, não pode ser nomeada ou identificada diretamente. Só pode ser designada por um nome secreto, um nome que só é conhecido do iniciado. E esse nome é pronunciado por aquele que alimenta à força:

> Mas como Crisele continua suas visitas e devoção à sepultura do coração de Mêmnon, certo dia Rogat lhe diz que ela não precisa se preocupar tanto pois carrega esse túmulo dentro dela onde quer que vá, qual outra Artemísia servindo de sepulcro para o coração do amante (41-2).

A cristianização do luto pagão

Artemísia, rainha da Cária, que sucedeu no trono ao marido e ao irmão e teria ingerido as cinzas do marido misturadas com vinho, é mencionada por Rogat como modelo de Crisele. De fato, Artemísia dedicou a vida a chorar o marido morto, construindo em sua memória o famoso mausoléu que foi considerado uma das sete maravilhas do mundo. Ela virou o paradigma do luto, pelo duradouro lamento da perda do amado.

Cícero faz um interessante comentário sobre Artemísia nas suas *Tusculanarum disputationum*:

> Acho que já se disse com suficiente insistência que a aflição é a idéia de um mal presente que implica o dever de se sentir aflito.
> Com razão Zenão acrescenta a essa definição que a idéia de um mal presente é "recente" [*ut illa opinio praesentis mali sit recens*]. Mas isso é interpretado por seus seguidores não apenas no sentido de que é "recente" o que teve lugar há pouco tempo, mas de que deve ser dito "recente" o mal imaginado que preserva certo poder e vigor e conserva por assim dizer seu verdor [*viriditatem*]. Por exemplo, a famosa Artemísia, mulher de Mausolo, rei da Cária, que construiu o famoso monumento funerário em Halicarnasso, viveu de luto o resto de seus dias e consumiu-se sob sua influência debilitante. A idéia do seu luto era "recente" para ela todos os dias e só deixaria de sê-lo quando tivesse se esgotado com o tempo. Tais são portanto os deveres dos consoladores: acabar com a aflição completamente, mitigá-la, diminuí-la ao máximo ou parar seu desenvolvimento e não permitir que se prolongue ou desviá-la para outra parte.[15]

A argumentação de Cícero centra-se na temporalidade do luto, no fato de ser ou não "recente". No caso de Artemísia, a novidade nunca foi empanada pelo tempo. Ela viveu do luto. Crisele, na história de Camus, vive da perspectiva do amado morto e mais ainda depois de engolir o seu coração. A literal incorporação do coração ou de uma parte do corpo do amado pela mulher transforma-a e faz dela um veículo para o morto. Assim, tanto Artemísia quanto Crisele negam o futuro, negam a sua possibilidade sem a existência e a companhia do amado morto. Ambas vivem num presente imóvel, que é sempre passado presente, um impossível e imaginário presente que não pode esquecer o que sente como uma perda irreparável. Esse passado-presente não é um passado lembrado, reconstruído e recriado em sua plenitude. Em vez disso, é a recriação no presente de um passado ilusório, a invenção de um tempo utópico em que os mortos ainda agem depois da morte. Esse passado-presente é extremamente inadmissível, violento e ameaçador, tendo assim sua manifestação mais significativa numa monumentalização da memória da perda e do que se perdeu. A temporalidade do luto exemplificada por Artemísia é uma temporalidade vivida, vivida com e a partir da posição do morto, do morto que vive em representação, na representação daquela memória como monumento público ou como retirada completa e total do domínio público. A condição "recente" do luto consiste em última análise em circunscrever e isolar um certo momento do tempo, em cristalizá-lo e fixá-lo como momento da morte e da vida depois da morte.

No seu movimento duplo, aqui ilustrado pela identificação entre Artemísia e Crisele, a estrutura dessa temporalidade traz à tona a principal motivação da narrativa de Camus. Ela finalmente nomeia, sob o disfarce de outro nome e outro conjunto de associações, o princípio norteador que informa os detalhes de *Le Coeur mangé*. A dupla morte de Mêmnon, o esvaziamento de sua sepultura, a devoção de Crisele e sua entrada para um convento após a morte de Rogat, tudo isso é sinal apontando o desejo de Camus de contar a história cristã por excelência, a história da morte e ressurreição de Cristo, com a estrutura geral da lenda do coração devorado. A sepultura vazia lembra o sepulcro vazio do Cristo, e o nome de Rogat, intimamente identificado aos dias que transcorrem entre a morte do Cristo na cruz e sua ressurreição, dá a designação mística e espiritual aos outros dois protagonistas da narrativa.

O aparecimento de Artemísia como modelo da experiência de Crisele enfatiza a perda do corpo do amado ou, pelo menos, de seu mais importante representante, o coração. O que para Camus liga intimamente sua heroína e Artemísia não é a pública devoção aos amados, mas a interiorização dos corpos deles. Esse detalhe é importante porque ressalta o esvaziamento da sepultura, transferida ao corpo da mulher. E é precisamente essa tumba vazia, através da referência a Artemísia, que traz à luz o subtexto teológico que permeia o relato de Camus. Para tornar esse subtexto mais explícito, examinarei *Os teoremas sobre o sagrado mistério de nossa redenção*, de Jean de la Ceppède, publicados em três volumes entre 1613 e 1622.[16] Camus conhecia a poesia de La Ceppède e a semelhança das duas concepções ficará evidente. Os *teoremas* consistem de 300 sonetos sobre a vida do Cristo, acompanhados de notas de admirável erudição. No terceiro livro, que conta a morte e ressurreição do Cristo, encontramos este soneto:

Assim chorou seu mal a virgem desolada,
Só em espírito, falando só com os olhos:
No coração construindo para o objeto dos seus cuidados
(Como a cária) *um Mausoléu vivo.*
Mas sua dor não pode mais se esconder,
Comove seu coração, os céus e a terra,
Tem que ser por sua boca exalada.
Assim eclode o coração pela boca o negro adeus.
"Adeus, meu Filho, por quem me foi outrora

Doce a maternidade, hoje tão amarga.
Porque não posso mais ver teus anos, morro.
Adeus, cuidados meus, *doce alimento.*
Adeus, triste emoção, *meu sepulcro vivo.*
Adeus a quem me deu vida e por quem eu morro." (III, LXII)

Na visão de La Ceppède, Artemísia representa a Virgem Maria na sua devoção pelo filho moribundo. O paradigma grego do luto e lamentação foi assim transposto a uma problemática estritamente cristã, que para ser entendida depende da identificação parcial de Artemísia com Maria. (Essa identificação só é parcial porque Maria é virgem e seu título de esposa de Cristo foi apenas figurativo e nunca universalmente aceito.[17]) Nesse sentido, a virgindade de Crisele reforça sua identificação com a Virgem. Em outro soneto dos *Théorèmes*, que aparece no final do volume junto com uma série de outros poemas dedicados a La Ceppède e exaltando sua obra, as relações entre Maria e Artemísia são explicadas em detalhe:

Mausolo não existiu, nem tampouco Artemísia,
Que exaltais, Gregeois, muita vez confiado.
Não passa de um sonho tudo o que nos contaram
Sobre essa tumba real, antiga maravilha.

Mausolo é o Cristo; Artemísia, a Igreja,
Ou a Virgem sem par que o Oráculo previu;
A Cruz, o Mausoléu onde o Cristo pendeu
P'ra nos dar ao morrer a primeira franquia.

A essa tumba real a esposa fiel
Por grande honraria conclama a toda parte
Para louvar o esposo os mais raros espíritos.

Ceppède é dos últimos a entrar no projeto,
Mas sua obra Divina lhe dá a vantagem
De aos primeiros disputar o prêmio da glória.[18]

Este poema explicativo nega autenticidade à lenda grega de Artemísia em favor do poder figurativo e representativo dessa mesma história como alegoria da morte do Cristo e da relação de Jesus com a Igreja e a Virgem. Enquanto Artemísia voluntariamente "incorporou" o corpo do marido morto e Crisele foi secretamente alimentada com o coração do amado, Maria fez do próprio coração um túmulo vivo para o filho morto. A passagem do literal para o figurativo, do grego para o cristão, reforça a dimensão simbólica da lenda de Artemísia e, conseqüentemente, do *Coração devorado*. E é precisamente essa alegórica problemática cristã que informa o relato de Camus e responde pela importante variação que ele introduz na história do coração devorado. Além do mais, depois que se identifica esse subtexto teológico, vários detalhes do texto adquirem um novo significado. Como vimos nas versões anteriores da lenda do coração devorado, o gosto do coração é claramente identificado com a sexualidade e o prazer sexual. No texto de Camus, porém, Crisele não manifesta seu grande prazer e satisfação depois de comer o coração do amado. O único aspecto ou elemento que chama a atenção dela é simplesmente o cheio do coração:

> Ele fez o cozinheiro picar o coração de Mêmnon e preparar uma pasta com essa e outra carne, assim levando Crisele a comê-la sem saber o que era. É verdade que, por ter sido o coração embalsamado, ela disse ao comê-lo que a carne era perfumada, o que fez rir o velho ciumento, mas foi um riso sardônico (41).[19]

Em termos teológicos, o odor da carne evoca o aroma do sacramento ou a questão de saber se o corpo do Cristo apodreceu após a morte. Seja como for, a reação de Crisele evita expressar diretamente as conotações sexuais dessa refeição.

Outro detalhe diz respeito à sina das mulheres após a revelação do ato do marido. Em Boccaccio e no *Roman du châtelain de Couci*, a mulher morre de inanição ou de dor e, na versão de Boccaccio, é então enterrada com o amante. Na versão de Camus, Crisele entra para um convento após a morte do marido. Parece um desfecho convencional. No entanto, em termos teológicos o convento consagra a virgindade da mulher e seu casamento simbólico com o Cristo, dois elementos que reforçam minha interpretação da dimensão alegórica do texto de Camus. Além disso, o convento se define na literatura eclesiástica – com a qual Camus estava mais do que familiarizado – como a tumba da mulher. Eis um trecho da *Regula monacharum* de São Jerônimo:

> Por isso, meu bem, faça do convento a tua tumba, onde estarás morta e enterrada com o Cristo, até te elevares com Ele à Sua glória. O que mais assusta quem é enterrado num cemitério é o ladrão de sepulturas que se esgueira à noite para roubar tesouros preciosos. Ele revolverá a terra com infinita habilidade para surripiar o tesouro precioso que lá se esconde. Mas a [tua] tumba tem a supervisão de um bispo, que Deus nomeou guardião da Sua vinha, e os cuidados de um abade, que desempenha a tarefa lá mesmo, de modo que ninguém pode entrar sem permissão nem saquear a tumba.[20]

A estrutura fantasmagórica do texto de Camus é aqui traduzida numa metáfora da virgindade e da sexualidade. O tesouro enterrado na tumba, a virgindade da freira e sua morte no convento evocam o coração enterrado e a cripta que o abriga. Nesse sentido, Rogat, o marido, equivale ao ladrão, o assaltante que se esgueira para roubar o precioso tesouro. Com efeito, fica claro desde o início que Rogat, como indica o próprio texto, casou-se com uma morta:

> No entanto ela protestou [a Mêmnon] e não hesitou em declará-lo aos pais e ao próprio Rogat que seu coração estaria sempre onde o deixara, no seu afeto primeiro, e que *o velhaco não teria dela senão um corpo sem alma, corpo mesmo assim casto e fiel até a morte* (36).

A Rogat é assim negada em última análise a posse da mulher, que permanece casta até a morte.

O coração devorado de Camus, pela maneira como retoma uma tradição mitológica e narrativa para inscrevê-la num contexto teológico místico e devocional, é um exemplo único na longa tradição da lenda do coração devorado. O relato dá um fim à forma "tradicional" de luto, o luto que encontramos no *Lai d'Ignaure*, no *Roman du châtelain de Couci* e em Boccaccio. Ao mesmo tempo, apresenta a morte de Mêmnon e sua simbólica ressurreição como paradigma de uma estrutura afetiva muito mais geral, fundada na e dedicada à busca do que desapareceu misteriosamente. A alegoria teológica que descobrimos no texto de Camus mostra que para a tradição devocional do século XVII na França o momento fundador da busca mística de reunião com o divino está na experiência da perda e ausência do corpo do Cristo e no seu ofertório como sacrifício ritual. Nesse sentido, a entrada de Crisele para um convento representa uma importante transformação da Artemísia grega. Enquanto Artemísia, de modo a preservar a memória e presença vivas do marido morto, interioriza as cinzas do seu corpo e assim monumentaliza a sua morte e a devoção que tem pela memória dele, Crisele une-se a um monumento que simboliza sua morte pública, sua retirada do mundo e consagração à memória do Cristo.

Essa transformação de Artemísia revela as diferenças fundamentais entre as tradições grega e cristã no tocante à concepção e representação da morte e aos modos como lembram os mortos. A entrada de Crisele para um convento constitui espiritualmente um novo começo, uma nova vida e novas possibilidades fundadas no prometido retorno do morto e na reunião final com o Cristo. Em termos da teologia que informa a estrutura do conto de Camus, o ato de comer carne humana, o canibalismo mesmo, é transformado e traduzido numa nova ordem, da mesma forma que a Eucaristia encerra e relembra o pecado original causado pela ingestão da maçã. Essa transformação inicia-se com as ações de Rogat, cujo nome evoca o sacrifício e ressurreição do Cristo e assim inscreve a tradução da antropofagia na mágica metáfora cristã do alimento que se transforma em corpo, um corpo comível. Essa transfiguração dos antecedentes "pagãos" e cortesãos da lenda do coração devorado é anunciada por Camus no prefácio dos *Spectacles d'horreur.*

> Se és um desses tímidos israelitas, leitor, que não tiveram a coragem de atravessar o Mar Vermelho porque suas ondas sangrentas os horrorizaram, não vai adiante na leitura deste livro, que só apresenta Espetáculos de sangue e carnificina. Mas se és como Josué ou Caleb, que desprezavam os covardes espiões da terra prometida segundo os quais ela devorava seu povo e era habitada por Antropófagos ou comedores de homens, não teme abrir estas páginas e atravessar o Jordão.[21]

O *Spectacle d'horreur* que é *O coração devorado* deve ser lido, portanto, à maneira de Caleb ou Josué. O canibalismo é apenas uma capa, um véu que está ali para manter afastados os que não acreditam. O livro mesmo, repleto de cenas sangrentas e contos de morte e carnificina, se lido corretamente – quer dizer, de forma mística e espiritual – não passa da história da terra prometida e de como chegar lá. E o ato de ler à maneira de Caleb ou Josué equivale ao batismo, a lavagem do corpo no rio Jordão, com seus poderes regenerativos e redentores. Assim, o segredo desse texto parece ser o próprio segredo do cristianismo, o segredo da vida e da morte e da vida após a morte. O que assombra *O coração devorado* é o mistério que não pode ser pronunciado diretamente, que só pode ser construído e ganhar significado nas palavras e termos do que procura negar. A alegoria da leitura, que era para Camus uma alegoria que aniquila e destrói ao literalmente engolir e digerir as palavras que compõem as histórias alegóricas do coração devorado, transforma-se no ato pelo qual é consumido o corpo místico do Cristo em sua impossível descrição textual, em sua impossível emergência à ordem discursiva e narrativa da representação.

QUATRO

Casamento elefantino e sexualidade devota

> Então veio o grande elefante ... o sábio elefante que é Nosso Senhor Jesus Cristo.
>
> *BESTIÁRIO* DO MUSEU BRITÂNICO[1]

O coração devorado de Camus revela as dimensões místicas e devocionais da lenda do coração devorado e, assim, as maneiras pelas quais o discurso devocional na França do início do século XVII tentou combater e reagir à crescente popularidade da forma narrativa e à proliferação das pequenas novelas e contos. É revelador examinar alguns dos textos fundadores da tradição devocional e investigar o modo com que exploraram as relações entre comida e o discurso e representação da sexualidade. Esse desvio nos levará inevitavelmente aos escritos de São Francisco de Sales e seus esforços para levar o misticismo às massas.

Antes do apogeu da tradição moralista e sua crítica radical das representações do amor-próprio como fundamento da subjetividade, a análise das paixões na primeira metade do século XVII concentrou-se no desenvolvimento de um discurso ético do amor como alicerce de uma prática cristã. Esse impulso ético é mais evidente na construção e organização de uma obra como *De l'usage des passions*, de Senault (1641). Uma tradição importante e infelizmente com freqüência desprezada por trás dessa ética pragmática encontra sua expressão mais significativa e refinada nas duas obras principais de São Francisco de Sales. Entre a *Introduction à la vie dévote* (*Introdução à vida devota*, 1608) e o *Traité de l'amour de Dieu* (*Tratado sobre o amor de Deus*, 1616) há uma notável destilição dos ideal de vida devota em todas as suas ramificações, uma vida que por definição e em princípio nunca se afasta das complexas exigências e necessidades da vida cotidiana.[2] Em vez de recomendar uma rígida e fácil retirada da rotina diária da vida, São Francisco tenta definir uma nova e completa vida "devota" que por fim absorverá e substituirá a vida do dia-a-dia. Assim encontramos nesse corpus uma análise descritiva elaborada e detalhada das modalidades dos eventos que constituem a vida diária, fundada no e informada pelo ideal da devoção mística e o desejo de uma união não mediada com Deus.

Teologia e sexualidade perversa

Como era de esperar, no coração dessa vida cotidiana "devota" está a questão inevitável e crucial da sexualidade e da prática sexual. De fato, encontramos as passagens mais prescritivas da *Introdução à vida devota* nos capítulos dedicados à discussão da sexualidade. Porque, na vida "devota" tal como a entende e defene São Francisco, a sexualidade situa-se fora da norma e do normal, constituindo no entanto o problema maior e inevitável para uma prática "devota" da vida cotidiana. O celibato, norma monástica, constitui o ideal utópico por trás dos esforços para conter e minimizar a presença da sexualidade na vida diária. Esse desejo de neutralizar a sexualidade – pois de fato se trata de um desejo no discurso ético devoto, um desejo com sua própria economia e suas pulsões – responde pela especificidade da mitologia e estratégia figurativas utilizadas para produzir uma representação válida ou persuasiva da perversidade inerente às mais benignas práticas sexuais. Essa "desejada" representação depende, para ser inteligível e coerente, do confronto de uma dupla origem. O primeiro componente dessa origem deriva da norma cultural geral e das regras de etiqueta e protocolo aceitas; o segundo decorre da imposição direta de uma interpretação teológica específica da própria norma cultural. Em outras palavras, a estrutura teológica é usada aqui como um instrumento de seleção e apresentação que torna possível a representação da sexualidade sob a aparência de práticas culturais básicas distorcidas e pervertidas. Com isso, a prática cultural selecionada ressalta e problematiza o discurso teológico, concebido e apresentado como sua única fonte de inteligibilidade. Em outras palavras, os textos de São Francisco exibem os conflitos entre a teologia, reduzida a um conjunto simplificado de linhas de ação práticas, e as forças sociais e de outro tipo que dirigem a vida cotidiana.

Para ilustrar essa economia devota do desejo, discutirei algumas passagens representativas da *Introdução à vida devota* e do *Tratado sobre o amor de Deus*. No capítulo da primeira obra intitulado "Da santidade do leito nupcial" ("De l'Honnêteté du lit nupcial"), São Francisco discute de forma bem explícita a questão ou problema geral do desejo sexual. Seu argumento parte, no entanto, de uma analogia básica:

> Há uma certa semelhança entre as volúpias vergonhosas [sexuais] e os prazeres de comer, pois umas e outros concernem à carne, embora aquelas, em razão de sua brutal veemência, é que se chamem simplesmente carnais.[3]

Comer e sexo são equivalentes e, por fim, idênticos, pois mais adiante "certa semelhança" acaba se revelando uma similitude total e perfeita com a carga forte que se dá ao termo "carne". Entre a ingestão de comida e o desejo por outra pessoa dentro da única circunstância normal reconhecida pela Igreja – o casamento –, entre os prazeres da mesa e os da cama, São Francisco elabora e desenvolve os códigos do comportamento devoto. A articulação desses códigos procede de uma impossibilidade, de um desejo de não nomear diretamente o prazer sexual, pois enunciá-lo carrega os elementos inevitáveis de sua inerente e perigosa perversidade: "Tentarei explicar o que não posso dizer de uma coisa [os prazeres da cama] pelo que direi de outra [os prazeres da mesa]" (226). A identificação na base da condenação dos prazeres sexuais é antes e acima de tudo uma exigência da inteligibilidade, pois através de sua negação e recusa ela indica e designa o que é radicalmente inominável e ausente na ordem devota da vida cotidiana. Com essa modalidade negativa de representação firmemente estabelecida, o discurso ético devoto continua a todo o pano:

> As pessoas honradas pensam na mesa só quando se sentam para comer, lavando as mãos e a boca após a refeição para não ficarem com o gosto e o cheiro do que comeram. O elefante não passa de uma enorme besta, porém a mais digna que vive sobre a terra e a mais sensata. Quero lembrar-vos um traço da sua grandeza: ele não troca jamais de fêmea e ama com ternura aquela que escolheu, com a qual no entanto só se acasala de três em três anos e isso apenas durante cinco dias e tão secretamente que jamais é visto em tal ato; é visto, porém, no sexto dia, quando, antes de qualquer coisa, vai direto a algum rio e lava todo o corpo, só voltando à manada depois de inteiramente purificado. Não são belos e honestos esses humores em tal animal, que assim agindo inspira as pessoas casadas a não permanecerem apegadas às sensualidades e volúpias que por sua condição [de casadas] exerceram mas, uma vez terminadas, a lavarem o coração e a afeição, purificando-se delas o quanto antes?[4] (228-9)

O elefante é erigido aqui em paradigma inconteste da "honestidade" e do comportamento civilizado. Seu comportamento exemplifica a norma desejada da "vida devota": um senso geral de sociabilidade associado à lealdade e à sinceridade, em detrimento do desejo sexual. O equivalente humano preciso desse comportamento elefantino idealizado são as boas maneiras à mesa, marcadas e determinadas pela limpeza e o imediatismo. Com efeito, o primeiro objetivo do paradigma e sua associação às práticas alimentares como representação do desejo sexual é desvalorizar e condenar a natureza imediata do próprio desejo. É como se a sexualidade, na ordem devocional das coisas, pudesse ser reduzida à recorrência, a uma seqüência pouco freqüente, assim reduzida a uma atividade cíclica naturalizada. O ciclo elefantino, no texto de São Francisco, elimina toda exibição pública dos prazeres do sexo ao reduzi-lo a mero desempenho antissocial.

> É verdadeira marca de um espírito instável, vilão, abjeto, infame pensar em comida antes da refeição e mais ainda se deleitar depois no prazer que se teve em comer, entretendo-o em palavra e pensamento e revolvendo o espírito na lembrança da volúpia que foi engolir cada bocado... (228).

O ato sexual modelado nas maneiras devotas à mesa está fora da ordem social e deve ser mantido fora. Nesse sentido, o ciclo elefantino é altamente sugestivo: tem lugar uma vez a cada três anos e por um período de cinco dias, sendo o sexto reservado ao necessário processo de limpeza. Assim, o elefante acasala-se em segredo e ressurge em sociedade só depois de ter apagado as marcas do seu desejo sexual. Mas a numerologia do ciclo elefantino evoca também com demasiada facilidade a numerologia da criação no livro do Gênesis e seu complemento cristão, a Trindade. Na doutrina cristã, a sexualidade é resultado direto da Queda e, como tal, reencena a separação do homem face ao Criador sob a forma de união sexual. Além do mais, a própria Queda decorre de uma sedução e do desejo satisfeito no ato transgressor de comer, de modo que o ato de comer e as maneiras à mesa constituem uma representação lógica e legítima do desejo sexual na tradição devota.

O Gênesis descreve o ato de comer uma maçã como um excesso supérfluo, um deleite moral no desnecessário. No discurso cristão e devoto, essa qualidade "excessiva" do pecado original reflete-se na sexualidade em particular e nas paixões em geral através de uma perfeita correspondência entre sexualidade e glutonaria. A equivalência entre essas duas formas de excesso é explicada num livro sobre o casamento diretamente inspirado nos escritos de São Francisco de Sales. O título completo desse manual anônimo de 1683 é *Instruções sobre o casamento na forma de diálogo entre mãe e filha, em que são explicadas as cerimônias desse sacramento, os Mistérios que encerra e a Santidade com que nele devem entrar e viver os Cristãos.* Eis um trecho bem representativo que descreve os perigos da gula e dos maus hábitos à mesa como analogia do desejo sexual:

> *Pauline:* Por quais sinais uma pessoa pode saber se é um desses infelizes?
> *Paule:* É quando à mesa se aplica inteiramente à volúpia de beber e comer, como que mergulhando e se absorvendo nisso, sem que o espírito possa pensar livremente em qualquer outra coisa. Pois há aqueles cuja alma está de tal forma enterrada no sentimento de sua afeição brutal que são mesmo incapazes de refletir com clareza sobre as próprias coisas que provocam a volúpia, de tal modo ficam extasiados, se posso usar esse termo para expressar

a força de tal afeição [...]. O que disse sobre a gula, querida filha, você deve aplicar aos costumes do casamento. Não pude com sinceridade me explicar de outra forma.[5]

Nesse manual prático voltado para o público em geral encontra-se a aplicação direta e total da ética devota e de suas representações do desejo sexual. Mas creio que seria um erro ver nessa estratégia analógica fundamental apenas um discurso conveniente e convencional. Pois o imperativo teológico na base da identificação da sexualidade com o desejo descontrolado de comida precisa de outra estrutura figurativa, mais complexa e mais interessante. A desvalorização do desejo sexual e da gula leva necessariamente, na lógica do cristianismo e em particular na da ética devocional elaborada por São Francisco de Sales, à valorização de outra forma de alimentação. Nos próprios textos de São Francisco de Sales já encontramos a volta à metáfora culinária e sua reabilitação na forma mais clássica e radical. Para definir o objetivo último da vida e prática devotas – a saber, a "quietude" – São Francisco usa o ato de comer como metáfora guia, central:

> Ora, em todos esses mistérios divinos, que compreendem todos os demais, há muito sobre comer e beber bem [...] Ora, comer é meditar, pois ao meditar se mastiga, virando para cá e para lá o alimento espiritual com os dentes da consciência para destrinchá-lo, triturá-lo e digeri-lo, o que não se consegue sem algum esforço. Beber é contemplar e se faz sem dificuldade ou resistência, com prazer e simplicidade; mas embebedar-se é contemplar com tanta insistência e ardor que a pessoa fica completamente fora de si para estar inteiramente em Deus.[6]

Comer e beber, nesse caso, não são mais objetos de opróbrio. Ao contrário, fornecem a base e o caminho para a transformação e libertação interior rumo à união mística com Deus, o Criador. Os prazeres de comer e beber correspondem, nesse sentido, ao ato de meditar, ou seja, à aniquilação do ego, e a seu êxtase. Agora superamos inteiramente a distância que separa os prazeres da mesa como oportunidade para condenação dos prazeres da cama e como celebração da finalidade e propósito da vida devota.

Essa reviravolta radical da metáfora culinária está diretamente ligada à posição central ocupada pela Eucaristia e seus poderes redentores na tradição cristã. A Eucaristia, ato mágico de comer o corpo místico do Cristo, constitui o único desfecho possível e efetivo do relato da Queda precisamente porque *é* um ato de alimentação. É como se a vida e a salvação do cristão devoto se esgotassem entre a mítica ingestão do fruto proibido e a mística ingestão da Eucaristia, constituindo o intervalo uma série de obstáculos e tentações, todos definidos e definíveis por uma ou outra forma de comer. A única diferença entre esses dois atos primordiais de comer – e essa diferença, como diria Pascal, é infinita – consiste na sua orientação e motivação. A ingestão da maçã aponta os efeitos desastrosos do fracasso em transferir o poder e conhecimento divinos à humanidade, enquanto a Eucaristia reincorpora a humanidade no seu corpo primitivo e divino original. O prazer perverso do fruto proibido dá nascimento aos prazeres da união sexual e culmina na mortalidade, enquanto o êxtase da Eucaristia recupera o prazer perdido do Criador na sua união primordial com a criatura. A tensão inerente a essa estrutura essencialmente narrativa é responsável pelo tom e natureza apologéticos do discurso devoto sobre a sexualidade por intermédio da comida, pois a Eucaristia é animada por uma vocação e impulso nostálgicos de reproduzir, pós-fato, o desejo e o prazer dissipados pelo Criador em detrimento de sua criação. O ideal de "honestidade" devota ou decência não passa de esperteza e manha, disfarce artificial do desejado dispêndio de impulsos concentrados na busca da reunião não mediada com Deus.

A teleologia da ética devota define o corpo como lugar da decadência e degeneração inauguradas pela Queda. A meditação e a contemplação operam a transformação interior e a transfiguração do corpo e do que ele contém, de modo a torná-lo um anfitrião aceitável que deseja e recebe a presença divina. Com efeito, na tradição mística subjacente à ética devota do século XVII, a palavra de Deus e particularmente a celebração ritual da Eucaristia constituem o processo pelo qual os elementos decadentes e degenerados se regeneram. Não é de surpreender que os termos mais freqüentemente usados para descrever os poderes transformadores dessa Palavra sejam primordialmente culinários:

> Com efeito, a palavra divina é água salutar de conhecimento que provém de nosso Senhor: "Todos ficam limpos com as palavras que lhes digo" (João, 15). A palavra divina cozinha de novo, por assim dizer, os pensamentos crus da carne no fogo do Espírito Santo, mudando-os em sentimentos espirituais, em alimento saudável para a alma; tanto assim que vocês podem verdadeiramente dizer: "Aqueceu-se o meu coração e esse fogo iluminará a minha mente."[7]

Os poderes redentores da Eucaristia seguem exatamente o processo e o caminho da transfiguração do pão e do vinho no corpo e no sangue do Cristo. Além disso, a prática da meditação trabalha para reproduzir os efeitos da Eucaristia transformando os "pensamentos crus da carne" em "alimento" da alma mística. Uma vez que um ato original de comer contaminou o corpo e com efeito o nomeou como lugar da contaminação, a meditação e a contemplação, quer dizer, a reabilitação prática do corpo à sua condição original de pureza, são por definição e em princípio concebidas também como exemplos do ato de comer. Meditação e contemplação são na verdade um exercício culinário e a prática da meditação e contemplação é, por assim dizer, uma prática de alimentação com suas receitas e maneiras específicas à mesa.

O elefante, lembremos, foi escolhido como modelo de boa conduta primordialmente por seu reduzido apetite sexual e seu horror a qualquer sinal ou marca identificável de desejo sexual. Como tal ele ocupa uma posição privilegiada no bestiário devoto de São Francisco de Sales. Na base da escala encontramos outro animal problemático que resume os dois componentes opostos da metáfora do ato de comer no discurso devoto – a borboleta, animal inocente e especial. No capítuo da *Introduction à la vie devote* dedicado à necessidade da castidade, São Francisco apresenta a borboleta como imagem do indivíduo que não consegue resistir às tentações do corpo:

> Como diz o grande São Jerônimo, o inimigo pressiona violentamente as virgens ao desejo de experimentarem volúpias, que mostra infinitamente mais prazerosas e deliciosas do que são ... Pois, como a borboletazinha que vê a chama e curiosa esvoaça ao redor para ver se é tão doce quanto bela e, pressionada por essa fantasia, não pára até se perder na primeira tentativa, assim os jovens se deixam muitas vezes apanhar de tal modo pela falsa e tola visão que têm do prazer das chamas voluptuosas que, depois de muito pensar, acabam por se perder e se arruinar nelas.[8] (157)

A borboleta, no bestiário devoto, é o contrário absoluto do elefante. Mas é também tradicional na literatura mística a borboleta representar o próprio desejo místico:

> Há em Deus uma chama imensamente profunda, mas o coração não deve temer tocar essa adorável chama ou ser por ela tocado, pois não será de forma alguma consumido por fogo tão doce, cujo calor tranqüilo e pacífico cria a união, a harmonia e a durabilidade no mundo.[9]

Na sua dupla metáfora, a borboleta representa a tensão, senão a contradição, que há no coração da exploração devota da sexualidade identificada à etiqueta alimentar. Nesse caso, é a imagem da chama que representa tanto a sedução do corpo como a busca de reunião com a divindade. Tomada ao pé da letra, essa tensão no âmago do discurso ético devoto produz um discurso sugestivo, fascinante e ao mesmo tempo perverso sobre o ato de comer e suas dimensões teológicas. Encontramos essa interpretação literal nos escritos de Etienne Binet, na primeira metade do século XVII. Jesuíta erudito, Binet é autor de uma série de textos, a maioria dedicada ao estranho e maravilhoso. O que tem particular relevância aqui foi publicado em Paris em 1631 – o título completo é *Des Attraits tout puissants de l'amour de Jesus-Christ, et du Paradis de ce monde* (Da onipotente atração do amor de Jesus Cristo e do Paraíso deste mundo).[10]

Como o título indica, o livro faz uma descrição altamente retórica dos poderes mágicos e esotéricos do Cristo, com detalhada exposição e análise dos seus milagres. O argumento central consiste em identificar "o petisco mais delicado e precioso que já existiu no mundo".[11] Para instituir o corpo de Cristo como tal objeto no caso da Eucaristia, Binet dá ao leitor uma fascinante lista de objetos concorrentes:

> Uns dizem que foi Cleópatra quem o comeu, engolindo com um fio de vinagre uma pérola que valia mais de duzentos e cinqüenta mil escudos. Outros, que foi esse Imperador guloso que comeu a Fênix, ou fizeram-no crer que a jantara. Há quem pretenda que foi a rainha Artemísia, que pulverizou o cadáver do rei Mausolo, seu senhor e marido, misturou com vinho as amadas cinzas numa taça de ouro e bebeu-as, provando melhor do que ninguém a verdade destas palavras: *Brunt duo in carne una* [Foram dois numa só carne]. Há quem diga que foi Adão ao comer do fruto da ciência do bem e do mal. Logo acharão que é essa carne dita das doze divindades, que parecem tê-la impregnado de toda a delicadeza dos céus; ou, por fim, o maná, que é o pão celestial e a delícia dos Anjos. Mas tudo isso não passa de fábula ou Figura representando o alimento que o amor de Jesus nos deu por excesso de misericórdia. (549-53)

Segue a celebração da Eucaristia como o mais preciso objeto, com a enumeração de uma série de exemplos clássicos e teológicos de relatos simbólicos do ato de comer. Na estrutura retórica do texto de Binet, a Eucaristia é concebida e apresentada como culminação dos relatos culinários fundadores e fundamentais que mostram as relações entre o ato de comer e o luto ou lamento, entre comer e sacrificar, entre a alimentação e o desejo de imortalidade. O fato de Binet só considerar objetos culinários é sintomático da importância central que o ato de comer tem na teologia e escatologia cristãs e da sua devota articulação.

Identificado finalmente esse precioso e delicadíssimo objeto, Binet passa a indagar quem, de uma forma ou de outra, tem mais legitimamente o direito de reivindicar a posse do magnífico e miraculoso bem. E é aí que encontramos os estranhos efeitos alucinantes da lógica devocional levados às suas últimas conseqüências:

> A isso acrescentai este doce pensamento: é que vários levaram no peito o precioso corpo de Jesus Cristo por mais tempo do que Nossa Senhora nos nove meses da sua gravidez virginal. Pois, se calculardes, vereis que em nove meses há somente 275 dias ou 6.600 horas, enquanto para quem diz a missa por quarenta anos são [...][12]

Somos tentados a dizer que Binet representa na sua mais completa expressão a devota *honnêteté* recomendada com tanto vigor por São Francisco de Sales. Levada ao extremo, ela consiste num gesto de absoluta exclusão – define-se pela própria identificação, na verdade fantasmagórica, com um objeto nomeado e designado como momento mítico fundador da auto-identificação comunitária. A economia do desejo no discurso devoto dá lugar, no texto de Binet, a uma economia literalizada da posse – é substituída por uma economia geral da propriedade fundada nos privilégios e direitos daqueles que, no contexto sacramental ritualizado, deslocam e em última análise empanam a imaculada conceição e seu mistério.

Abelhas místicas

A história dessa devota representação da *honnêteté* vai além da mera evolução das maneiras e do declínio da pressão teológica no final do século XVII. Por uma série de transmutações fascinantes e reveladoras, ela permeia a estrutura dos grandes debates no reinado do Rei Sol, de Pascal e Port-Royal à Querela do Puro Amor e à dos Antigos e Modernos. Foi com Perrault, Fontenelle e as triunfais afirmações dos Modernos que a comida e o ato de comer perderam sua densidade teológica e deram lugar a um novo ou recuperado deleite do gosto "natural" das coisas.[13] Essa transformação do simbolismo figurativo e cultural da comida culmina com o artigo de Marivaux no *Mercure* "Sobre o pensamento sublime".[14] Tentando caracterizar o que há de *sublime no homem* e distingui-lo do que é *sublime na natureza*, Marivaux dá dois exemplos privilegiados – a representação teatral e o alimento:

> Imaginai, senhora, um banquete de trinta talheres. Um comensal saberá distinguir sutilezas de sabor nas iguarias que escaparão àquele cujo apetite pouco delicado só sentirá o gosto principal. O que significa isso? O de apurado paladar é o mais enfatuado, sem por isso ser mais contente; cada um tem o seu quinhão de prazer. Esses dois convivas são como os espectadores, o homem de sentimentos grosseiros e o de fina sensibilidade [...]
>
> O cozinheiro, por maior que seja a sua arte, não pode preparar um prato excelente para todos; sua arte, se de fato a possui, é fazer com que cada iguaria seja pelo menos do gosto geral dos convivas; seu talento é combinar numa série de pratos tudo o que possa agradar o apetite de cada um [...] Por tudo

> o que acabamos de dizer, senhora, vedes que não pode haver uma característica sublime que goze de entusiástica aprovação geral.[15]

O sublime, no texto de Marivaux, está encarnado na arte do *chef* e no seu talento para apresentar e representar. O alimento e o ato de comer já não são termos que simplesmente designam ou refletem a atitude daquele que come, estando em vez disso marcados por aquele que prepara a refeição. Essa situação dialógica, completamente ausente na literatura devota, marca a distância que separa a tradição devota do início do século XVII e os debates estéticos do final desse e do início do século seguinte. As relações entre maneiras à mesa e práticas sexuais são substituídas pelas íntimas ligações entre o gosto em geral e o gosto estético em particular.

Convém concluir esta abordagem da tradição devota com breve análise de um conto de São Francisco de Sales incluído no *Traité de l'amour de Dieu* e que nos leva de volta ao coração e suas devotas representações místicas cristãs. A história, que aparece no Livro VII com o título "Histoire merveilleuse du trépas d'un gentilhomme qui mourut d'amour sur le Mont d'Olivet" (História maravilhosa do passamento de um gentil-homem que morreu de amor no monte das Oliveiras),[16] é precedida de observações que ressaltam a importância específica desse relato para os leitores do *Traité* e o valor exemplar de sua mensagem. Além disso, São Francisco alega que o caso, admirável na sua opinião, não é muito conhecido: "Embora o relato que pretendo fazer não seja nem tão divulgado nem atestado como exigiria a grandeza da sua maravilha [...]" (698).[17] Essas observações introdutórias são significativas porque constróem e introduzem o arcabouço narrativo exigido para uma apreciação e compreensão místicas da história. A suposta escassez de comentários sobre o caso serve para ressaltar a necessidade de uma volta à tradição hagiográfica medieval com sua ênfase no miraculoso. Em outras palavras, a reescritura de um relato bem estabelecido assinala no contexto do *Traité* salesiano o desejo de ressuscitar e reanimar a crença e prática devotas através dos poderes exemplares do milagre e do miraculoso. O caso que São Francisco está para contar tem a ver com uma transferência e deslocamento do espaço dos milagres e as modalidades de transferência e deslocamento.

O breve relato conta a história de um cavaleiro que decide visitar a Terra Santa e refazer os passos do Cristo.[18] Antes de embarcar na sua jornada, "confessou-se e comungou com devoção" (698-9). Chegando à Palestina, percorre os lugares sagrados na ordem cronológica da vida de Cristo, da Anunciação à Crucificação. Volta então ao local da Ascensão,

> retesa toda a força da sua afeição, como um arqueiro que retesa a corda do arco para atirar a flecha, levanta-se, olhos e mãos erguidos aos céus, e diz: 'Ó,

> Jesus, meu doce Jesus, não sei mais onde vos buscar e seguir nesta terra. Ei, Jesus, Jesus, amor meu, concedei a este coração que vos siga e acompanhe nas alturas.' E com essas ardentes palavras lançou de tal modo sua alma ao Céu, como uma flecha sagrada, que atingiu qual divino arqueiro o seu feliz alvo (700).

Cai então e morre. Seus amigos, chocados com o súbito falecimento, pedem a um médico que examine o corpo e descubra a causa do surpreendente colapso. Incapaz de encontrar uma explicação para o caso, o médico indaga os amigos sobre os hábitos do cavaleiro. Depois de ouvir as respostas, declara que

> sem dúvida seu coração explodiu de excesso e fervor amoroso. E para melhor atestar o que disse, abriu o corpo e encontrou o coração aberto, com as palavras sagradas inscritas no seu interior: *Jesus, meu amor*! (701)[19]

A peregrinação à Terra Santa torna-se assim um exercício devoto e místico pelo modo como reduz o espacial e geográfico ao atemporal e a-histórico. O tempo, a temporalidade são apenas o tempo da vida e morte de Cristo. A peregrinação é portanto uma jornada com fim e desfecho, que são prescritos pelo relato da vida, morte e ressurreição de Cristo. O coração, órgão mais privilegiado no misticismo devoto de São Francisco de Sales por simbolizar a paixão e triunfo de Cristo, é agora o lugar e local de inscrição da busca do corpo perdido e ausente do Cristo, o corpo místico perdido e ausente. Essa busca, com seu desejo nostálgico pelo desfecho e plenitude absolutos, leva direto à morte, à celebrada morte do místico. A alegoria discursiva e narrativa da jornada ao coração da cristandade, ao local da própria experiência mística, leva ao coração mesmo, a sua abertura e inscrição. O coração já não é mais meramente um símbolo ou sinal. É agora o teatro em que se trava a batalha, o palco onde o místico alcança a perda do ego e a retirada última face ao divino. O coração é tudo o que o místico tem a ofertar, é tudo o que restou após o seu sacrifício e desaparecimento. É também a única coisa que lhe resta para se expressar ou, mais exatamente, para inscrever e traduzir o triunfo da palavra. A linguagem do coração místico transforma e transfigura o corpo, ou o que dele restou, em palavras que sinalizam o seu renascimento.

Do coração devorado à revelação do coração

A reescritura dos relatos medievais empreendida por São Francisco de Sales situa o coração no centro da experiência mística ao torná-lo espaço privilegiado para o encontro com o divino.[20] O coração de Jean-Pierre Camus, como vimos, ilustra e valoriza a mesma prática ao rejeitar a antropofagia em favor de suas alegorias místicas e devotas. Órgão que está no centro da vida, o coração é também preferido pelo mais sofisticado desejo de morte, a busca mística por excelência. No entanto, uma diferença crucial separa os dois textos e seus autores. O coração de Camus, na sua íntima relação com a Eucaristia e o corpo simbólico do Cristo, é antes e acima de tudo um objeto comestível dado a transformações e modificações culinárias, objeto que extrai seus poderes simbólicos do papel essencial que o ato de comer desempenha na teologia cristã. Esse coração tem que ser comido, interiorizado no corpo, para poder revelar sua verdadeira natureza e presença, para se tornar presença efetiva do corpo divino. Já o coração salesiano é objeto e órgão que tem de ser aberto para revelar seu segredo e mistério. O milagre do coração inscrito, que não é mais um órgão de vida ou símbolo de vitalidade mas local de inscrição e assinatura divinas – que só se produzem com a morte –, consiste na sua separação do corpo, na sua condição privilegiada de algo que sobrevive pela inscrição que leva, palavras que o ferem e marcam eternamente em nome do amor divino. Esse coração, o coração da letra e da palavra, veículo para o nome do divino amante e para o impacto e efeitos mortais do amor divino, é primordialmente um objeto que precisa ser visto, que busca um espectador e um público, objeto que deve ser exibido e revelado em sua nudez crua, selvagem mas doce presença. A Eucaristia, em sua manifestação litúrgica plena, é um espetáculo sem espectadores humanos. Todo mundo participa e o único espectador possível está ausente: Aquele em memória do Qual o sacramento é encenado. O coração místico encena e representa na sua dupla investidura – visibilidade e morte – o gesto essencial do teatro eucarístico, exibindo os efeitos últimos da interiorização do corpo místico do Cristo e o impulso para a visibilidade que essa incorporação força.

Do coração devorado ao coração visível e revelado, vasculhamos todo o poder e diversidade da apropriação cristã do coração e seu simbolismo. As duas modalidades de representação embutidas nas narrativas mostram a orientação e temporalidade dos poderes simbólicos herdados pelo coração como meio e veículo de apresentação da teleologia mística e devota.

CINCO

Tribulações e desgostos do coração humano

> Quando vejo a nossa Paris, continua o viajante, imagino estar diante de um grande animal. As ruas são como veias onde o povo circula: como é animado o trânsito em Paris! "Veja", eu lhe digo, "este é o tráfego no coração de Paris! E é ainda mais fervilhante a circulação do sangue dos parisienses. Estão sempre agitados e cheios de atividade: suas ações se sucedem com tal rapidez que começam mil coisas antes de terminar uma e terminam outras mil antes de começá-las."
>
> DUFRESNY, *DIVERTIMENTOS SÉRIOS E CÔMICOS*

Teologia e teleologia do coração

A teologia do Sagrado Coração, investida e informada pela dimensão fundamental da Eucaristia, desempenha, como vimos até aqui, um papel decisivo na articulação e especificidade das dimensões literárias e culturais das narrativas do coração devorado desde a Idade Média até o início do século XVII. A tradição mística devota representada por Jean-Pierre Camus e São Francisco de Sales define e situa o coração simbólico como lugar do intercâmbio entre o humano e o divino, o infinito e o finito, entre o milagre da encarnação e da transfiguração, de um lado, e o trabalho e possibilidade da salvação, de outro. O coração místico devoto representa assim o órgão central do corpo místico de Cristo, da *ecclesia* e da Igreja, simbolizando assim nas representações corpóreas da Encarnação todo o potencial das mediações cristológicas. Essa simbolização da finalidade última, do desfecho do *telos* cristão apóia-se numa estratégia narrativa que extrai sua força e vitalidade da exploração da representação do Cristo como centro e coração da história humana.

Tal concepção do Cristo como coração e centro tem sua mais significativa manifestação nos escritos de São Boaventura. Nos seus comentários sobre os seis dias da Criação, Boaventura defende a coerência lógica, filosófica e teológica da figura do Cristo como coração e centro:

> O sol, com efeito, está no centro dos planetas e de acordo com o seu movimento, circular e oblíquo, se produz a geração. O físico mede essa geração. Dentre todos os planetas, o de difusão mais potente é o sol. Da mesma forma, não importa o que digam os médicos, a difusão do coração é a mais poderosa. Dele, com efeito, se difundem o espírito vital pelas artérias e o espírito animal através dos nervos, embora receba o complemento do cérebro; e dele também se difunde o próprio espírito natural, através das veias, embora completado pelo fígado. No momento da encarnação, o Cristo foi esse centro [...] Ele, como o coração, é o centro das duas vitalidades.[1]

Centro e coração são, aqui, uma única e mesma coisa. Ambos respondem pela mesma função; os dois garantem a coerência, a hierarquia e a continuidade do fluxo e circulação necessários à vida no seu sentido mais geral. Na qualidade de coração e centro, Cristo garante, através da Encarnação, a sobrevivência e salvação da humanidade, da mesma forma que o coração controla o fluxo do princípio vital pelo corpo. Mas talvez o mais interessante e revelador nesse texto seja o caráter médico atribuído à figura do Cristo como coração. Em termos médicos e fisiológicos, o coração já não é o centro absoluto do corpo. Suas funções são complementadas pelo fígado e o cérebro. Só preserva sua centralidade em termos simbólicos, por um poder herdado. E também porque, segundo Boaventura, continua a funcionar como paradigma da circulação: a circulação do princípio vital, do sopro ou *pneuma*; circulação da luz; circulação das estruturas simbólicas e figuradas da inteligibilidade subjacentes à encarnação e que a informam – e, conseqüentemente, a circulação última, o resgate dos corpos e da carne. Pois de fato, como vimos com Agostinho, a ressurreição total e integral, a restituição da carne perdida, quer dizer, sua circulação num universo fechado, a economia de troca entre cadáveres e corpos ressuscitados, entre corpos vivos e mortos, entre alimentação e canibalismo, entre a violência e seu desfecho, tudo isso converge para um único momento definido pela Encarnação e suas implicações. Ao enfatizar o caráter circulatório do coração, Boaventura destaca sua capacidade integradora total como órgão central de simbolização do próprio organismo simbólico cristão. Mas também ressalta um de seus grandes males, que é a notável fragilidade. Assim, o fim do reinado do coração como centro absoluto será produzido pelas evidências médicas e fisiológicas, pelas mesmas ciências invocadas por Boaventura. A descoberta por Harvey da circulação sangüínea e do papel do coração como bomba mecânica assinala, junto com a fisiologia cartesiana, uma mudança decisiva nos registros simbólico e figurativo que focalizam o coração como centro de todas as atividades vitais. Essa mudança também marcará o início da ascensão do cérebro como rival e desafiante do absoluto domínio simbólico do coração. Esse momento pode ser identificado na própria biografia de Descartes.

Na *Vie de Monsieur Descartes*, com efeito, Baillet fala de uma interrupção na educação do filósofo produzida por graves acontecimentos políticos mas, de qualquer forma, uma interrupção:

> Descartes estava no primeiro ano do curso de filosofia quando a notícia da morte do Rei, assassinado na sexta-feira 4 de maio de 1610, interrompeu os exercícios no *collège*. O bom Príncipe, ao dar sua casa de La Flèche aos jesuítas, manifestou o desejo de que seu coração, o da Rainha e os dos herdeiros fossem levados para lá depois da morte e guardados na igreja. De modo que o tempo decorrido entre a funesta notícia e o transporte do coração do rei a La Flèche foi dedicado no *collège* a preces comunitárias, à composição de versos e prosa fúnebres e aos prepartivos para a recepção daquele depósito. Na segunda-feira seguinte [...] as classes foram retomadas com suas atividades normais e Descartes continuou seus estudos de filosofia moral.[2]

A educação de Descartes foi assim interrompida pelos rituais e cerimônias do funeral de Henrique IV em La Flèche. O estudo de "filosofia moral" que afinal o levaria a rejeitar a herança filosófica e tentar inaugurar um novo pensamento foi marcado pelo sistema cárdio-circulatório como paradigma dos princípios vitais, com o coração como órgão privilegiado para a volta à origem absoluta – um retorno, através dos poderes do espaço religioso, ao lugar em que o político e o religioso confluem. A circulação simbólica comandada pelo coração constitui, nesse exemplo, uma dupla interrupção. Primeiro, representa o fim de uma vida, de uma vida política como interrupção que pede a volta a um lugar de repouso escolhido, investido do poder de suplantar a morte. Segundo, marca a interrupção do fluxo e circulação do conhecimento, que se tornará sinônima do próprio gesto fundador da filosofia cartesiana. No final da carreira, Descartes situaria a alma, o espírito e sopro vitais dos antigos, não no coração mas no cérebro. A alma descansaria, ao menos por um breve período graças a Descartes, na própria glândula pineal ou epífise, localizada por ele no coração ou centro do cérebro. As mudanças lógicas e estruturais desse deslocamento são extraordinárias e não tenho a intenção de traçar aqui todas as suas implicações. Em vez disso, gostaria de assinalar neste capítulo conclusivo algumas orientações que seguiram ou pelo menos acompanharam a mudança inaugurada pelas ciências emergentes do século XVII. Limitarei minhas observações aos pensadores franceses, compatriotas de Descartes.

O surgimento da tradição moralista na França e sua intensa concentração na análise crítica das paixões produz importantes transformações informativas sobre o coração. O órgão mantém a posição central de símbolo guia para entender o caráter individual, mas agora divide o palco com alguns rivais e competidores. A razão e a racionalidade emergem como forma de pensamento distinta e separada do coração e do que ele representa. Além disso, o coração passará a ocupar um novo centro definido pela incansável análise moralista do amor-próprio e seus mecanismos sociais. Assim, La Rochefoucauld, no prefácio da primeira edição das *Máximas*, define seu texto como um retrato do coração humano: "Eis um retrato do coração do homem que trago a público sob o nome de Reflexões ou Máximas morais. Numa palavra, o melhor que tem a fazer o leitor é meter desde logo na cabeça que nenhuma dessas máximas lhe diz respeito particularmente e que ele é a única exceção, embora elas pareçam gerais; isso posto, digo-lhe que será o primeiro a subscrevê-las e as achará generosas com o coração humano."[3] O coração, nesse caso, representa o que La Rochefoucauld designa pelo termo genérico "moral", quer dizer, as modalidades e mecanismos que definem e caracterizam o comportamento social de indivíduos e também as motivações dos vários e diversos comportamentos sociais. O coração representa agora o indivíduo como entidade política e social. Essa tendência da literatura francesa moralista é desenvolvida por La Bruyère nos seus *Caractères*, particularmente na seção intitulada "Du Coeur", dedicada em grande parte a uma análise da amizade. Enquanto La Rochefoucauld generaliza o papel simbólico do coração, La Bruyère limita sua inteligibilidade ao terreno da amizade, restringindo assim sua economia de significados. Nesse sentido ele continua em certa medida a orientação inaugurada por Bacon no ensaio *Da amizade*. O mais importante aqui é a ausência quase total de uma dimensão teológica ou religiosa nos textos de La Rochefoucauld e La Bruyère,[4] dimensão que ressurgirá em Pascal mas com nova face e um novo papel.

Para Pascal, deve-se distinguir entre a ordem do coração e a da razão. Ao coração pertence o que ele chama "instinto", isto é, a certeza do conhecimento de certos princípios fundamentais, como espaço e tempo. Além disso, a ordem do coração responde, na sua especificidade, por uma forma de conhecimento inacessível à razão e à análise racional. Em última análise, o conhecimento do coração dará, na sua diferença e independência face à razão e à racionalidade, uma crença firmemente alicerçada:

> Conhecemos a verdade não somente pela razão, mas também pelo coração. É desta última maneira que conhecemos os primeiros princípios e é inútil a razão, que não tem parte alguma nisso, tentar combatê-los [...] Pois o conhecimento dos primeiros princípios, como espaço, tempo, movimento,

número, [é] mais firme que quaisquer outros proporcionados pelo raciocínio. E é nesses conhecimentos do coração e do instinto que a razão deve se apoiar e fundamentar todo o seu discurso [...] Essa impotência só deve pois servir para humilhar a razão, que gostaria de julgar tudo, mas não para combater as nossas certezas. Como se apenas a razão fosse capaz de nos instruir... Quisera Deus que, ao contrário, jamais tivéssemos necessidade dela e que conhecêssemos todas as coisas por instinto e por sentimento. Mas a natureza nos recusou esse bem, dando-nos ao contrário muito pouco conhecimento desse tipo. Todo o resto só pode ser adquirido pelo raciocínio. E é por isso que aqueles aos quais Deus deu a religião por sentimento do coração são bem-aventurados e legitimamente convictos. Mas àqueles que não têm religião só podemos dá-la através do raciocínio, esperando que Deus a conceda como sentimento do coração. Sem o que a fé não passa de humana e inútil para a salvação.[5]

A ordem do coração constitui para Pascal o fundamento do que poderíamos chamar de antropologia da crença. A incerteza do conhecimento humano produzido pela razão e demonstração racional opõe-se ao caráter imediato do conhecimento do coração, do instinto. Ademais e para além da oposição dialética entre as duas ordens, entre razão e coração, entre a razão e a maneira como o coração e seu conhecimento mostram os limites do conhecimento racional, a ordem do coração permanece como o lugar privilegiado do encontro e cooperação entre o divino e o humano. A ordem e o conhecimento do coração vêm de Deus e por isso não precisam da intervenção racional: são superiores à razão precisamente por sua finalidade religiosa e teológica, porque assinalam o encontro e o triunfo da crença sobre e contra a razão. Os abençoados pelo conhecimento do coração, como diz Pascal, são "bem-aventurados e legitimamente convictos" ("bien heureux et bien légitimement persuadés") (351), não precisam nem desejam ser persuadidos pela razão ou retórica, são firmes no seu conhecimento porque esse conhecimento é sua crença.

A separação que faz Pascal entre razão e coração e a prioridade que dá à ordem do coração são sintomáticas do deslocamento e mudanças ocorridos na situação simbólica do coração. Ele já não é mais o órgão central do organismo. Com Pascal, o coração torna-se o fundamento e o nome de uma forma de conhecimento que desafia e escapa à razão. Torna-se a forma de conhecimento que está no limite de todo conhecimento, pois sua inegável existência serve para humilhar a arrogância da razão de modo a restabelecer a hierarquia informada pela centralidade da crença. A ordem do coração, na visão de Pascal, recupera algumas das funções simbólicas do coração mas introduz uma nova economia do sentido figurado e da representação na qual o que não pode ser racionalmente representado simplesmente porque é sentido e pensado de outra forma é que vem a ser o firme alicerce do conhecimento mais importante. A ordem do coração que Pascal introduz nas interseções de seus escritos científicos e místicos abre caminho para um discurso filosófico e antropológico que terá por objeto não o conhecimento normativo mas as percepções interiores e crenças que o precedem. Nesse sentido, ela representa tanto o fim de uma era como o início de uma nova ordem. Continua relevante e significativa porque não limita sua motivação ou percepção à mera confirmação da necessidade da crença. Em vez disso, considera a existência da crença um ponto de partida dinâmico para a investigação do próprio conhecimento. É como se, em vez de agente para chorar uma perda, essa ordem do coração à Pascal lamentasse a falsa crença nos poderes ilimitados da racionalidade e celebrasse os infinitos poderes da crença e da percepção interior que ainda residem no coração e que só por ele e através dele são gerados.

Encarnação, Sagrado Coração e Eucaristia

Com Pascal e os moralistas franceses, o coração torna-se o lugar de um duplo conhecimento. A ordem do coração abre-se assim para uma forma de conhecimento que humilha e ultrapassa a razão. Mas o coração permanece ainda a morada de todas as paixões e continua portanto a funcionar, pelo menos na estrutura conceitual que informa os escritos dos moralistas franceses, como o motor privilegiado de todas as formas de comportamento humano. A observação do coração e de seus movimentos basta para explicar a forma de ser, a interação entre ser e aparência, que está no centro da análise moralista. Nesse contexto, o coração ao mesmo tempo substitui e é o emblema das secretas motivações do comportamento humano, de suas vicissitudes e finalidade. O coração dos moralistas, por revelar o que se esconde por trás das aparências e tentar revelar-se, constitui o núcleo e o espaço da interioridade individual que guia e manipula a exibição tanto do discurso como do corpo na ordem social.

Esse "coração" moralista, resultado de sua concepção puramente ética e figurada, está em oposição direta à definição cartesiana do coração como mero órgão do corpo. No seu tratado sobre as *Paixões da alma*, ao localizar a *pneuma* dos antigos, a alma, na glândula pineal, que fica no centro do cérebro, Descartes com efeito rejeita todas as representações herdadas do coração humano e suas supostas relações com as paixões. Para ele o coração é simplesmente um motor, uma bomba mecânica que controla a circulação do sangue e sua distribuição pelo corpo humano. Do ponto de vista da fisiologia cartesiana, o coração dos moralistas não passa de uma ficção, pura figura que investe o órgão fisiológico de poderes que nem são observáveis nem demonstráveis. Nesse sentido, a herança de Descartes e de sua fisiologia culminará numa filosofia e numa ética fundadas no papel central desempenhado pelo cérebro na análise do comportamento humano. Assim, a descoberta da circulação sangüínea por Harvey e a tortuosa análise descritiva de Descartes no seu tratado sobre as *Paixões* inauguram a rivalidade e a ruptura entre o coração e o cérebro, entre os dois centros que disputam o privilégio de explicar o comportamento humano. Entre os moralistas de um lado e Descartes e sua herança de outro processa-se uma reconfiguração ou mesmo a redefinição do status do coração humano no pensamento ocidental no começo da Era Moderna. O duelo entre as duas escolas constitui não apenas nossa herança mas também nosso persistente esforço para compreender e representar as formas como interagimos em sociedade.

Mas retornemos uma última vez, após esse breve intervalo histórico, ao quadro que se pintava do coração na tradição devota e espiritual, ilustrada nos textos de Francisco de Sales e Jean-Pierre Camus. Pois, apesar de sua aparente semelhança, esses dois textos apresentam dois modelos distintos de coração, modelos cuja função é definir e exemplificar o movimento espiritual por excelência, quer dizer, a negação do eu e o encontro da presença divina dentro do corpo do crente. A aniquilação do eu, precondição do exercício místico e também o fim último da busca espiritual, encontra em Camus e Sales manifestações bem diferentes, senão opostas. Para Camus, como vimos, a ordem que domina a jornada espiritual é secreta, fundamentada no gesto radical extremo de se retirar do mundo social. O sujeito continua vivo, mas agora acolhe o coração do divino amante. O coração devorado, em suma, não é outro senão o Sagrado Coração. É com efeito o coração do próprio Sagrado, sua manifestação última no corpo do crente. Assim, no texto de Camus, o papel fundamental e fundador da Eucaristia figura como inevitável. Toda a narrativa, com a sua fieira de detalhes e alusões eruditos, visa a apontar e nomear o mais secreto e desejado objeto: o ausente corpo místico do Cristo.

No caso de Francisco de Sales, o sujeito principal da narrativa exemplar não está mais vivo: não pode sobreviver à jornada espiritual da sua peregrinação porque conscientemente escolheu sacrificar-se. E é graças à sua morte, graças à própria morte, que consegue tornar público o impacto radical da união final com o corpo divino, união que assinala a morte e que se manifesta no sinal e assinatura da visitação divina inscrita para todo mundo ver no coração do crente. A peregrinação de Francisco de Sales encontra o seu final feliz nos efeitos do excesso do amor divino. O peregrino morre porque seu coração se destrói, porque seu corpo, no estado natural, já não pode acomodar ou suportar a presença do desejado divino. Morre também porque, com a sua morte, manifesta os poderes divinos do Cristo. A perda do eu deve ser aqui tomada ao pé da letra.

Nos *Spectacles d'horreur*, de Camus, a divisão entre ser e aparência e as concomitantes ambivalências e ambigüidades da interação entre as ordens social e espiritual são em última análise preservadas e mantidas como tais. Essas diferenças são reforçadas em larga medida pelo desejo de reconciliação que anima a narrativa, enquanto nos escritos de Sales a ordem social funciona simplesmente como testemunha do poder e realidade da vida espiritual. O coração transformado, que escreve seu amor numa violenta explosão (literal) final, é antes e acima de tudo um objeto visível. Ele pretende à visibilidade e constitui sua revelação como espetáculo. De um coração a outro, do coração palpitante do corpo ao coração assinalado pelo amor e com o amor de Cristo, há que dar apenas um passo. Esse salto para dentro da esmagadora presença do divino amante é, na lógica do texto salesiano e da teologia subjacente, uma forma de rendição à pura visibilidade, um abandono do eu e da própria vida em troca do desejo de tornar visível a todos o espaço de outro modo inacessível da pura interioridade.

O "coração devorado" de Camus foi e continua sendo um objeto comestível. Ele penetra o corpo pela boca, órgão da fala e sítio do pecado original. Essa dimensão eucarística do "coração devorado" ultrapassa e exclui qualquer forma de visibilidade. Pois a Eucaristia interioriza um corpo místico no corpo humano: incorpora num só os corpos humano e divino. Mas tal incorporação, realizada com os poderes mágicos da fala e seus efeitos, continua sendo um mistério. E um mistério nunca se revela inteiramente. Bacon, no seu ensaio sobre a amizade, já estava alarmado com os perigosos e perversos efeitos das palavras que habitam o coração e circulam assim pelo corpo sem jamais encontrar saída, vazão ou canal adequados para se fazerem ver e reconhecer pelo outro. É por isso talvez que o coração dominado pela lógica eucarística está fadado a retirar-se, a se pôr em segredo, como a imagem de Crisele no trágico conto de amor e ciúme de Camus. Esse coração existe para acolher e esconder um outro. Ele sobrevive porque deve viver por esse outro. Nesse sentido, a busca de Crisele representa a aventura espiritual da busca do corpo ausente do Cristo, aventura dedicada à repetição dessa busca e à celebração da perda que apenas a Eucaristia pode expiar.

Na *Vita nuova*, Dante funda a sua busca no momento decisivo de exteriorizar o desejo e o amor por Beatriz. Espectador distanciado do próprio coração e testemunha do violento espetáculo do seu fantasma, ele percebeu plenamente a necessidade de "transparência" que animava sua maravilhosa visão. Da mesma forma, a narrativa de Francisco de Sales projeta a imagem e seus efeitos, a imagem da morte e também a imagem da escrita dessa morte única e extremamente desejável. Entre as duas, no novo espaço de visibilidade, surge uma possibilidade de narração e escrita, um lugar para acolher as letras e palavras capazes de contar uma vida e sua história. Esse espaço dentro do corpo e do coração abertos vai se tornar, com o desenvolvimento da teologia e imaginário do culto cristão inspirado nos textos salesianos e outros semelhantes, o lugar privilegiado das manifestações narrativas e figurativas do Sagrado Coração. O coração será transformado numa página em que o crente poderá ler as infinitas variações da história exemplar da vida de Cristo. Mas esse coração que é também e especialmente uma imagem vai representar, na cultura popular e também na tradição espiritual e devota, o espaço de reciprocidade entre a reflexão divina e a contemplação humana. Receptáculo da imagem e figura da morte corpórea, o coração revela por fim o desejo de visibilidade que anima o divino, na sua concepção cristã, e os efeitos desse desejo. O conto de Francisco de Sales celebra o coração destruído e assinalado como forma última da perda do eu e figura mais apropriada para representar todas as expressões místicas que defendem a abolição do eu em favor do divino.

Esse coração arruinado e inscrito abre um espaço para a visibilidade do divino e da sua escrita em imagens e palavras, em combinações de imagens e palavras dentro do coração. O coração devorado, ao contrário, esconde e encobre sua misteriosa interiorização. Entre os dois, entre a pura visibilidade e a imagem, de um lado, e o segredo e sua retirada complementar, de outro, traçam-se as linhas limítrofes entre a transparência pela imagem e o absoluto mistério da interiorização do ausente corpo divino. Entre os dois corações e os modelos que possibilitam, há toda uma história intelectual a ser lida.

Notas

NOTAS À INTRODUÇÃO (p.9-20)

1. Plutarco, *Moralia* XIII, "The Eating of the Flesh I" (Cambridge, Mass.: Harvard University Press/Loeb Classical Library, 1969), p.559-61.

2. Aristóteles, *De motu animalium*, trad. Martha Nussbaum (Princeton, NJ: Princeton University Press, 1978), p.50-2. O capítulo seguinte do tratado identifica o coração com a fonte e origem do esperma, principal fonte da vida: "No caso do coração, a razão disso é clara, pois nele estão as origens dos sentidos. E há evidência de que a parte geradora também é desse tipo, pois a força do sêmen se projeta dela como uma criatura viva" (p.54). Para uma avaliação geral do papel do coração na literatura médica grega, ver C.R.S. Harris, *The Heart and the Vascular System in Ancient Greek Medicine* (Oxford University Press, 1973). Ver também a introdução de David F. Furley à obra de Galeno *On Respiration and the Arteries* (Princeton University Press, 1984) para uma discussão da identificação por vezes ambígua que Aristóteles faz entre a alma e o coração e sua história e influência na literatura biológica e médica de Galeno a Harvey, p.20 ss.

3. Não quero dizer com isso que a única função da ceia funerária seja a celebração da sobrevivência. É evidente que se trata também de um instrumento básico de memória que permite à comunidade relembrar sua genealogia, reviver lembranças do passado e manter uma continuidade entre passado e presente. Em algumas sociedades "primitivas", por exemplo, é comum comer as cinzas do morto junto com a comida. Na Antigüidade clássica, o culto dos mortos exigia uma estrita separação entre vivos e mortos: "Ficaríamos muito decepcionados se pensássemos que esses repastos funerários não passavam de uma celebração. A comida que a família servia era realmente para o morto, exclusivamente para ele. Prova disso é que o leite e o vinho eram derramados na terra sobre a sepultura e a terra removida para que os alimentos sólidos chegassem ao morto; se sacrificavam uma vítima, toda a sua carne era queimada, de modo que nenhum dos vivos pudesse se servir dela; proferiam certas fórmulas consagradas para convidar o morto a comer e beber e, se a família inteira estivesse presente à refeição, ninguém tocava na comida ... O túmulo romano também tinha a sua *culina*, espécie de cozinha para uso exclusivo do morto." Fustel de Coulanges, *The Ancient City* (Baltimore: Johns Hopkins University Press, 1980 [1864]), p.11-12.

4. Para a elaboração teórica da interação dinâmica entre introjeção e incorporação, ver Nicolas Abraham e Maria Torok, *L'Écorce et le noyau* (Paris: Aubier-Flammarion, 1978).

5. Para uma tradução do conto em inglês, ver Miriam Lichtheim, *Ancient Egyptian Literature* (Berkeley: University of California Press, 1976), II, p.202-11. Todas as citações no texto são dessa tradução. Para uma discussão do conto, de suas dimensões mitológicas e também da sua relação com a história de José no Gênesis, ver, entre outros, William Kelly Simpson (org.), *The Literature of Ancient Egypt: An Anthology of Stories, Instructions, and Poetry* (New Haven: Yale University Press, 1972); Gustave Lefebvre, "Le Conte des deux frères", *Romans et contes égyptiens de l'époque pharaonique* (Paris: Maspero, 1949), p.137-58; G. Maspero, *Les Contes populaires de l'Égypte ancienne* (Paris: Maisonneuve et Larose, 1911); A.M.

Blackman, *The Literature of the Ancient Egyptians* (Nova York: Arno Books, 1977); A. Erman, *Die Literatur der Aegypter* (Leipzig: J.C. Heinrichs, 1923); G. Paris, "Le Conte du trésor du roi Rhampsinite", *Revue d'Histoire des Religions*, 55, 1907.

6. Sobre a função e o papel simbólico do coração no Egito antigo, ver Alexandre Plankoff, *Le Coeur dans les textes égyptiens depuis l'Ancien Empire jusqu'à la fin du Nouvel Empire*, Paris, 1930: "Parece, a partir dos exemplos precedentes, que o coração para os egípcios tinha um papel triplo: primeiro, era o órgão central do homem; segundo, era o centro vital, a sede de todas as emoções; finalmente, era a sede da inteligência. As mesmas idéias a respeito do coração são encontradas nos "primitivos", nos povos da Antigüidade e no folclore. Assim, para os babilônios — que, quanto à sua civilização, são os que mais se aproximam dos egípcios —, o coração desempenhava um papel muito importante; eles o consideravam, ao lado do fígado, como alma ou princípio da vida. Para os hebreus, o coração era o símbolo da vida" (p.52). Isso é claramente expresso em Provérbios, 4.23: "Meu filho, acima de tudo, preserve seu coração, pois dele procede a vida." Plankoff prossegue: "Nos textos das Pirâmides, os mais antigos de que temos conhecimento no Egito, podemos distinguir três casos diferentes relacionados ao coração: o defunto, em primeiro lugar, recebe o coração purificado e divinizado e, através desse ato, volta à vida. Em segundo lugar, tem medo de que seu coração seja raptado por adversários no outro mundo e, finalmente, come os corações de seus adversários" (p.63). Ver também Michel Malaise, *Les Scarabées du coeur dans l'Égypte ancienne*, Bruxelas, Fundação Egiptológica Rainha Elisabeth, 1978, em particular p.14 e 41; J. Doresse, "Le coeur et les anciens Égyptiens", in *Études carmélitaines*, 1950, número especial dedicado ao coração.

NOTAS AO CAPÍTULO UM (p.21-39)

1. No Gênesis (3:1-7), a tentação de comer a maçã é explicitamente descrita em termos dos olhos e seus poderes simbólicos: "Então a serpente disse à mulher: 'Não, você não vai morrer! Deus na verdade sabe que no dia em que comer do fruto, seus olhos serão abertos e você será como os deuses, conhecerá o bem e o mal.'" E adiante descreve-se a descoberta do corpo e sua nudez: "A mulher viu que a árvore dava um fruto bom de comer, agradável ao olhar e desejável pelo conhecimento que proporcionaria. Então pegou um fruto e comeu-o. Deu também um pouco ao homem, que estava com ela, e ele o comeu. Então os olhos de ambos se abriram e percebram que estavam nus."

2. Para uma discussão detalhada da interação e das relações entre sexualidade e mortalidade na narrativa bíblica, ver Howard N. Wallace, *The Eden Narrative*, Monografias Semíticas de Harvard (Atlanta: Scholars' Press, 1985), especialmente p.143-72. Wallace fornece uma visão geral sucinta das várias interpretações do texto no seu próprio processo de leitura. Quanto à nudez de Adão e Eva, aponta para a possibilidade de um ato sexual anterior: "O próprio pecado não envolve diretamente a nudez do casal. Essa condição é usada em parte como uma explicação da origem da roupa. Além disso, é evidente um toque de ironia. Em vez de passar a conhecer o bem e o mal como os deuses (3:5), eles descobrem apenas o medo e a vergonha humanos. No entanto, nem medo nem vergonha, ou ambos, bastam por si mesmos para dar origem ao motivo da nudez na história. O mais provável é que tenham surgido num esforço para superar um aspecto da narrativa que apresentou em outras versões alguma dificuldade para o escritor ou para aqueles de quem dependia. Pode mesmo ter havido um elemento sexual na nudez que esteja hoje escondido pela etiologia e a ironia" (p.145).

3. A Eucaristia conserva poderes de redenção porque o pecado original, o ato de comer a maçã, não é absoluto. Como coloca Santo Agostinho na *Cidade de Deus* (Nova York: Penguin Books, 1984): "O homem porém não caiu ao ponto de perder todo o seu

ser; mas, quando voltou a si, seu ser era menos real do que quando aderia àquele que existe de forma suprema. E assim, abandonar Deus e existir por si mesmo, isto é, agradar a si mesmo, não é perder imediatamente todo o ser, mas é se aproximar mais do nada" (XIV, 13, p.572). Para Agostinho, comer a maçã significa um retorno ao ser, um retorno ao nada, no sentido de que comer a maçã implica a perda da visão de Deus. A Eucaristia representará a contramedida dessa queda, a volta às origens através de uma submissão ao mistério da incorporação que levaria à reunião com Deus.

4. A dualidade do Cristo, é bem sabido, deu origem a polêmica interminável. Também desempenhou um papel crucial em possibilitar a transferência de categorias teológicas para o domínio político, precisamente porque, na lógica da narrativa cristã, ela visa a funcionar como uma substituição e uma recuperação. Sobre essa questão, ver Ernst Kantorowicz, *The King's Two Bodies: A Study in Medieval Political Theology* (Princeton, NJ: Princeton University Press, 1957), especialmente p.42-61.

5. Todas as referências ao texto são a Renaut de Beaujeu, *Le Lai d'Ignaure ou lai du prisonnier*, org. Rita Lejeune (Bruxelas: Palais des Académies, 1938). As citações são de traduções minhas dessa edição, com números de versos em parênteses seguindo a citação.

6. O espelho dionisíaco foi extensamente estudado e comparado a outros espelhos da Antigüidade, a saber os espelhos de Narciso e Medusa. Nessa questão em geral e nas relações entre os três espelhos e a maneira pela qual se prestam a uma série de interpretações mitológicas e filosóficas sobre a concepção e articulação da subjetividade, ver, entre outros, J. Pépin, "Plotin et le miroir de Dionysos", *Revue Internationale de Philosophie*, 22 (1970); P. Hadot, "Le Mythe de Narcisse et son interprétation par Plotin", *Nouvelle Revue de Psychanalyse*, 13 (1976); e J.-P. Vernant, *L'Individu, la mort, l'amour en Grèce ancienne* (Paris: Gallimard, 1989), especialmente p.168 ss. Para uma análise geral dos espelhos gregos e seus vários usos e valorações, ver A. Delatte, *La Catopromancie et ses dérives* (Paris: E. Droz, 1932).

Para uma amostra da interpretação neoplatônica do sacrifício de Dioniso pelos Titãs, veja-se a seguinte passagem de Proclo, *Commentary on Plato's Parmenides*, trad. G.R. Morrow e J.M. Dillon (Princeton University Press, 1987): "Porque, para colocar a coisa de maneira sucinta, a Alma vem em terceiro lugar depois do Um e é naturalmente atualizada dessa maneira. Pois o Um é só um e precede o pensamento, o Intelecto pensa todas as idéias como uma e a Alma as vê todas uma a uma. Assim, a função específica da Alma é a divisão, pois não tem a capacidade de pensar todas as coisas simultaneamente em unidade e lhe tocou pensar nelas em separado – todas, porque imita o Intelecto, e separadamente porque essa é a sua propriedade; pois o poder de adivinhar e definir aparece primeiro na Alma. É por isso que os teólogos dizem que o intelecto [o coração] de Dioniso foi preservado, inteiro, pela percepção de Atena, que sua alma foi a primeira a ser dividida e que com certeza a divisão em sete é primordialmente própria da Alma" (III, 808-9, p. 174). A interpretação de Proclo é significativa porque ressalta o cálculo envolvido e implicado na avaliação do sacrifício de Dioniso. Em vez de divisão, encontramos subtração em Plotino e também em Pseudo-Dioniso. Em Plotino (*On Beauty*, Cambridge, Mass.: Harvard University Press/Loeb Classical Library, 1966), os espelhos de Narciso e Dioniso são eliticamente invocados de modo a valorizar uma forma de subtração platônica: "Então você também deve evitar qualquer excesso, corrigir o torto e esclarecer o obscuro, iluminá-lo, e nunca parar de 'trabalhar na sua própria estátua'" (p.259). As metáforas de Plotino preparam o caminho para a apropriação mística desta passagem na *Pseudo-Dionysian Mystical Theology*, 1025B. A visão especialmente mística de Plotino sobre a estátua em termos dionisíacos definem a escultura e a subtração como modelos e paradigmas da meditação e contemplação, quer dizer, da cognição mística da subjetividade em relação com o divino.

7. Para um estudo abrangente do sacrifício do menino Dioniso pelos Titãs e seu lugar na mitologia e filosofia gregas, ver Marcel Detienne, *Dionysos mis à mort* (Paris: Gallimard, 1987), traduzido como *Dionysus Slain* (Baltimore: Johns Hopkins University Press, 1989).

Ver também Walter Burkert, *Homo Necans: The Anthropology of Ancient Greek Sacrificial Ritual and Myth*, trad. Peter Bing (Berkeley: University of California Press, 1983 [1972]). Burkert comenta dessa forma a singularidade do sacrifício dionisíaco: "Os gregos clássicos tinham ambições virtualmente insuperáveis – desde Homero, os deuses eram imortais por definição. Como, então, podia um deus morrer ou ser vítima de um festim canibal? Tais mitos participam do 'inexplicável' (*arrhetos*). Mas só se contou essa história de um deus: Dioniso. Os Titãs tiraram o menino Dioniso do trono com um engodo, despedaçaram-no e o comeram. Podemos deduzir por alusões que esse mito, aparentemente legado pelos mistérios órficos, era conhecido no século V, ainda que oficialmente ignorado" (p.225).

8. Citado em Detienne, *Dionysus Slain*, p.86-7.

9. Essas identificações estendem-se a alguns tabus órficos e pitagóricos, em especial os dos ovos e feijões. Ver a respeito o relato de Plutarco citado no início da introdução.

10. Sobre a incorporação, ver Nicolas Abraham e Maria Torok, *L'Écorce et le noyau* (Paris: Aubier Flammarion, 1978).

11. Esse luto inicial toma a forma de jejum, de abstinência: " 'Não sei se ele está vivo ou morto! / E cada uma de nós recebeu dele tudo o que podia desejar. / Agora me ajudem a suportar esse luto / Porque cada uma de nós teve alegria com ele / [Por isso] partilhemos a nossa dor.' Elas juraram ao mensageiro / Que jamais voltariam a comer / Até que soubessem / Se ele estava vivo ou morto ou pudessem vê-lo. / E então começaram a jejuar" (522-31).

12. O desfecho da narrativa é diretamente apontado no poema: "E a outra chorou por seu coração apaixonado [de Ignaure]: / Jamais existiria de novo um com esse valor. 'Ai de nós! Nós os mudamos tanto e / Sua vingança foi tão cruel. / Que ciumentos! Mas não comeremos mais: / Assim estaremos vingadas.'" (597-602)

13. Rita Lejeune, editora do *Lai d'Ignaure*, considera alguns desses aspectos "agradáveis" ou simplesmente de mau gosto: "A cena da confissão, replica Ignaure a suas furiosas amantes, constitui certamente um tema alheio à lenda do coração devorado ..., um tema que Renaut elaborou consideravelmente porque lhe agradava. É por isso que, ao contrário do que se diz normalmente, não é certo que a história do "Desmembramento de Ignaure", que só se mostra no *Lai* – insistamos nisso mais uma vez –, seja também uma característica primitiva. Parece-me acima de tudo um exemplo de mau gosto da parte de Renaut" (*Lai d'Ignaure*, p.35-36). Mais recentemente, Charles Muscatine escreveu: "O *Lai d'Ignaure* é uma estranha versão priápica, em parte cortesã, em parte brutal, do motivo romanesco do 'coração devorado'", em *The Old French Fabliaux* (New Haven: Yale University Press, 1986), p.13-14.

14. Desnecessário dizer que o coração de Dioniso desempenhou um papel crucial na formação do culto do coração sagrado. No tocante ao século XII, pode-se também pensar nas primeiras histórias a respeito do *extractio cordis* como alvo de um poema como o *Lai d'Ignaure*: "Em Dorothée de Montau, a questão é de imediato a da estigmatização e da troca de corações entre Deus e sua serva. Várias testemunhas dizem ter visto feridas sangrando sob a túnica dela, reflexos das feridas de amor que Deus lhe infligiu. Quanto ao *extractio cordis*, é mencionado tanto por gente muito simples como pelos teólogos do seu círculo, que insistem na realidade fisiológica do fenômeno. Este foi, além do mais, objeto de um artigo específico (de número 21) sobre o qual foi interrogada a maioria daqueles que conheceram a reclusa de Marienwerder quando viva" (André Vauchez, *La Sainteté en Occident aux derniers siècles du moyen âge* [Paris: Boccard/École Française de Rome, 1981], p.517; tradução do autor). Lembramos que depois de comer o coração do amante morto, as mulheres "recuperam" seu coração ("Quant lor cuer furent revenu" [560]).

15. Acompanharemos, nos dois capítulos seguintes, os desdobramentos literários e teológicos da lenda do coração devorado, de que o *Lai d'Ignaure* é o primeiro de uma seqüência de textos que expõem uma série de deslocamentos, inversões e perversões que culminam com *Le Coeur mangé* (1630), de Jean-Pierre Camus, em *Les Spectacles d'horreur*

(Genebra: Slatkine Reprints, 1973). Meu argumento é que a dupla origem da lenda, cristã e dionisíaca, é responsável pela interação entre sentido figurado e deformação constante em todas as versões da lenda. Além disso, entre o *Lai* e o texto de Camus temos os dois extremos e também os dois textos que se espelham mutuamente da maneira mais precisa, porque encenam a abertura e desfecho da seqüência.

16. Todas as referências ao *Roman* são da tradução parcial em francês moderno de *Le Coeur mangé*, p.241-53.

NOTAS AO CAPÍTULO DOIS (p.41-59)

1. Para uma discussão detalhada das relações entre *saber* e *sabor*, ver Pierre Guiraud, *Sémiologie de la sexualité* (Paris: Payot, 1978), especialmente p.141-64.

2. *Le Coeur mangé*, p.248.

3. *The Decameron*, trad. John Payne, rev. e org. Charles Singelton (Berkeley: University of California Press, 1982). As referências de páginas no texto são a esta edição.

4. *Dante's Vita Nuova*, trad. M. Musa (Bloomington: Indiana University Press, 1973); as referências de páginas no texto são a esta edição. A visão de Dante deu origem a extensos debates. Para uma amostragem, ver, dentre muitos outros, G.C. Spivak, "Finding Feminist Readings: Dante-Yeats", *Social Text*, 2 (1980); B. Nolan, "The *Vita Nuova*: Dante's Book of Revelation", *Dante Studies*, 88 (1970); R.P. Harrison, *The Body of Beatrice* (Baltimore: Johns Hopkins University Press, 1988). Para uma discussão do *Ego dominus tuus* e do *Vide cor tuum*, ver T. Hyde, *The Poetic Theology of Love* (Newark, NJ: Rutgers University Press, 1986), p.45-72.

5. Francis Bacon, *The Essays*, org. e introd. John Pitcher (Nova York: Penguin, 1985), p.141. As citações subseqüentes no texto farão referências de página a esta edição. Pitcher comenta assim a citação pitagórica de Bacon: "Bem dentro do corpo há significados tão obscuros e tão assustadores que não podem ser de modo algum domados. Em *Da amizade*, provavelmente o maior dos seus *Ensaios*, Bacon chega quase a dizer que as palavras dilaceram o corpo, ferem-no, devoram-no por dentro quando ele se recusa a desvendar seu significado" (p.41).

6. Montaigne, *Essais* (Paris: Presses Universitaires de France, 1965), "De l'amitié", I: XXVIII, 275; tradução minha.

7. Agostinho, *The City of God* (Nova York: Penguin Books, 1984), XXII, 20. Jean Pépin, na sua *Théologie cosmique et théologie chrétienne* (Paris: Presses Universitaires de France, 1964), nota a metáfora monetária no texto de Agostinho e faz comparação com Porfírio: "Agostinho, como sabemos, enfrenta dificuldade ao comparar os dois homens a um credor e um devedor e a carne a uma soma de dinheiro emprestada pelo primeiro ao segundo; mas Porfírio sugeriu essa solução judiciosa nos próprios termos da sua exposição, em que lida com a reclamação, a restituição etc." (p.451; tradução minha).

8. Para uma discussão das relações entre crença, *fides* e dinheiro, ver o ensaio de Emile Benveniste intitulado "Créance et croyance", no seu *Vocabulaire des institutions indo-européenes* (Paris: Minuit, 1969). Para uma discussão de dinheiro, economia, usura e teologia medieval, ver Jacques Le Goff, *Pour un autre Moyen Âge: Temps, travail et culture en Occident* (Paris: Gallimard, 1977), especialmente p.46-65 e 91-107. Ver também seu estudo mais recente, *La Bourse et la vie* (Paris: Hachette, 1986).

NOTAS AO CAPÍTULO TRÊS (p.61-79)

1. Camus foi amplamente ignorado pela crítica moderna. A maioria dos críticos, com exceção de um pequeno e seleto grupo, consideram-no sem originalidade e de importância secundária. Esta, por exemplo, é a avaliação de Antoine Adam, *Histoire de la littérature française*

au XVIIème siècle, vol. I (Paris: Editions Mondiales, 1962), p.421: "Camus escrevia com uma facilidade maravilhosa e deplorável ... Mal precisava de uma única noite para escrever uma novela e de quinze dias para compor um volume de oitocentas a mil páginas." Só René Godenne, na sua *Histoire de la nouvelle française aux XVII et XVIIIèmes siècles* (Genebra: Droz, 1970), dá seriamente atenção à obra ficcional de Camus. Philippe Ariès, em seu *L'Homme devant la mort* (Paris: Seuil, 1977) discute alguns contos de Camus, mas seu conhecimento dos textos de Camus parece surpreendentemente limitado. Para uma análise geral de Camus ver a edição organizada por Jean Descrains de suas *Homélies des états généraux* (Paris: Droz, 1970). Ver também a tese de Sylvie Robics "Le salut par l''excès: Analyse d'une poétique de la dévotion dans l'oeuvre de Jean-Pierre Camus", apresentada na École des Hautes Etudes en Sciences Sociales, Paris, 1994. Sobre a vida de Camus, o melhor relato continua sendo o de Perrault no seu *Les Hommes illustres* (Paris: Antoine Dezallier, 1696). Uma vez que Camus é desconhecido da maioria dos leitores, citarei extensamente o texto de Perrault: "Nessa época, os romances ficaram muito na moda, o que começou com o de Astréia, cuja beleza fez as delícias e a loucura de toda a França e mesmo dos países estrangeiros mais distantes. O bispo de Belley, considerando que essa leitura era um obstáculo ao progresso do amor de Deus nas almas, mas considerando ao mesmo tempo que era como que impossível afastar os jovens de um divertimento tão agradável e tão conforme às inclinações da sua idade, buscou os meios de desviá-los compondo histórias nas quais houvesse amor e que por isso se fizessem ler, mas que sem sentir elevassem o coração a Deus através dos sentimentos de piedade que ele iseria sutilmente e através das catástrofes cristãs de todas as suas aventuras: pois sempre um ou outro dos amantes ou ambos, depois de considerar a nulidade das coisas deste mundo, a malícia dos homens, o perigo que se corre incessantemente de perder a salvação seguindo as vias seculares, tomavam a decisão de se dedicar inteiramente a Deus, renunciando a todas as coisas e abraçando a vida religiosa. Foi um feliz artifício que sua ardente caridade, pela qual se devotava inteiramente a todos, o fez inventar e colocar em ação com sucesso. Pois seus livros passaram pelas mãos de todo mundo e, como eram repletos não apenas de incidentes bastante agradáveis mas também de boas máximas muito úteis para a condução da vida, deram consideráveis frutos e foram como que uma espécie de antídoto para a leitura dos romances" (p.9-10).

Eis alguns dos saborosos títulos de Camus: *L'Amphithéatre sanglant* (1630), *Le Banquet d'histoires agréables* (1662), *Les Leçons exemplaires* (1632), *Les Occurences remarquables* (1628), *Les Rencontres funestes* (1644), *La Tour des miroirs* (1631), *Le Verger historique* (1644).

2. Camus apresenta suas narrativas como lições ou exemplos representativos. No prefácio a outra coleção de contos intitulada *Récits historiques*, publicada em 1644, ele define a narrativa da seguinte forma: "O relato de uma ação, despido de todo artifício e mesmo de preocupação com a eloqüência, é comumente chamado narrativa e é este o nome que julguei apropriado dar a estas histórias que aqui enfeixo." Citado em G. Hainsworth, *Les "Novelas ejemplares" de Cervantes en France au XVIIème siècle* (Paris: Champion, 1933), p.150.

3. Introdução de René Favert para uma seleção de contos de Camus, *Trente Nouvelles de Jean-Pierre Camus* (Paris: Vrin, 1977), p.8.

4. Todas as referências subseqüentes ao texto de Camus serão a *Les Spectacles d'horreur. Avec une introduction de René Godenne* (Genebra: Slatkine Reprints, 1973); note-se que o prefácio não é numerado. Traduções para o inglês do autor.

5. No prefácio ao volume, Camus compara seu método narrativo ao de um cirurgião: "Os bons cirurgiões curam manipulando as chagas dos feridos e tirando sangue da veia dos doentes. Nós os imitamos tirando bons exemplos das ações mais horríveis que nos apresenta o grande teatro do mundo." A metáfora médica é aqui significativa porque, como veremos, o "teatro do mundo" remete ao *Decamerão* de Boccaccio e à tradição cortesã.

6. Philippe Ariès notou, embora em contexto diverso, a mudança de status da morte nos escritos de Camus: "A morte não é mais um acontecimento calmo: apenas três dos

mortos de Camus morreram de causas naturais. Também não é mais um momento de concentração moral e psicológica como era na *ars moriendi*. Tornou-se inseparável da violência e da dor [...] Essas cenas violentas excitavam os espectadores e despertavam forças elementares cuja natureza sexual parece hoje evidente" (*The Hour of Our Death*, p.372). Parece que Ariès despreza ou ignora a teologia e espiritualidade devotas que motivam os escritos de Camus.

7. Camus finge que relata um fato verídico: "Mêmnon, jovem gentil-homem de uma Província d'além-Loire que não desejo nomear" (p.28). Essa é uma estratégia convencional na tradição da novela do século XVI. De acordo com R. Dubuis: "É tradicional e de bom tom, em toda a literatura medieval, desde a canção de gesta, afirmar alto e bom som que a história que se conta é absolutamente autêntica. As *Cem novelas novas* [*Les Cent Nouvelles nouvelles*] não são exceção à regra" ("Réalité et réalisme dans *les Cent Nouvelles nouvelles*", em *La Nouvelle française à la Renaissance*, ensaios reunidos por Lionello Sozzi, Genebra: Slatkine, 1981, p.95). Apesar da retórica de Camus, é evidente que essa história é remontagem de uma série de textos mais antigos. Sobre a lenda do coração devorado na literatura medieval francesa, ver John E. Matzke, "The Legend of the Eaten Heart", *Modern Language Notes*, 26:1 (1911), 1-8. Além do texto de Boccaccio e do *Roman du châtelain de Couci et de la dame de Fayel*, Matzke identifica alguns equivalentes orientais da lenda.

8. Agrippa d'Aubigné, *Les Tragiques* (Paris: Garnier-Flammarion, 1968). A citação foi tirada do primeiro livro, *Misères*, p.520-46; a tradução é minha. Para uma discussão geral das guerras religiosas e o uso de metáforas de canibalismo e antropofagia, ver Frank Lestringant, "Catholiques e Cannibales: Le thème du cannibalisme dans le discours protestant au temps des Guerres de religion", em *Pratiques et discours alimentaires à la Renaissance* (Paris: Maisonneuve et Larose, 1982), p.233-46. Um estudo fascinante das relações entre linguagem e comida no Renascimento é o de Michel Jeanneret, *A Feast of Words* (Chicago: University of Chicago Press, 1991).

9. Analiso mais detalhadamente as relações entre comida e a representação da sexualidade na literatura devocional, especialmente nos escritos de São Francisco de Sales, no capítulo 4. O trecho que segue é de um tratado anônimo sobre o casamento, inspirado pelos escritos de Sales e a tradição espiritual de devoção que define o modelo do casamento devoto: "Deus, tendo estabelecido que o casamento deve ser a imagem do casamento de seu filho com a santa Igreja e da aliança de sua própria Palavra divina com a natureza humana, quer que as pessoas casadas *expressem e representem* no seu comportamento particular esses protótipos divinos... Ora, assim como o filho de Deus, ao fazer aliança com a natureza humana, tomou o caminho da infância, a vossa devoção, para estar em conformidade com a vossa condição, deve *fazer-vos honrar* esses dois grandes mistérios, a Infância de Jesus e seu Casamento místico com a Santa Ingreja, através da *adoração do amor* e da *união do espírito com a graça* desses augustos mistérios." Citado em H. Brémond, *Histoire littéraire du sentiment religieux en France*, vol.9 (Paris: Armand Colin, 1967), p.298; a tradução é minha.

10. O túmulo de Mêmnon é descrito da seguinte maneira: "Ele foi enterrado numa tumba negra, com um epitáfio *para dar uma imagem de vida à sua memória*" (p.38-9).

11. Mêmnon comumente recebe características heróicas em pinturas de vasos. Um tema predileto na pintura cerâmica clássica e arcaica retrata o combate final de Mêmnon e a mãe carregando o seu corpo. Esse detalhe, creio, reforça a sua identificação simbólica com Jesus no texto de Camus.

12. Segundo Bremond, "Camus sait Virgile par coeur" ("Camus conhece Virgílio de cor"), *Histoire littéraire du sentiment religieux en France*, I, 150. A Dido que Camus invoca aqui, porém, não é a da *Eneida*, mas a casta rainha descrita em *De casibus virorum illustrium*, de Boccaccio, na tradução de L. Brewer Hall (*The Fates of Illustrious Men*. Nova York: Ungar Press, 1965, p. 54-7): "Após um curto período a cidade aumentou de população devido à situação muito favorável e, ditando a lei, a majestosa Dido governou com absoluta justiça.

Viveu como viúva honestíssima, observando a sagrada virtude da castidade. E assim realizou o seu desejo."

13. A última história do *Decamerão* é dedicada a Griselda e Perrault dedica um dos seus *Contes* (Paris: Gallimard, 1981, [1697]) à paciente Griseldis.

14. *History of the Franks*, trad. Lewisthorperk (Nova York: Penguin, 1974), II, 34, 149-50.

15. Cícero, *Tusculan Disputations* (Cambridge, Mass.: Harvard University Press/Loeb Classical Library, 1971), III, XXXI, 74-6. Fontenelle, nos seus *Nouveaux dialogues des morts* (Paris: Michel Didier, 1971, [1683]), mostra uma Artemísia diferente:

"*Artemísia:* Eu pareço com *você*!? Eu, que fui um modelo de fidelidade conjugal, que bebi as cinzas do meu marido, que construí para ele um monumento soberbo admirado pelo mundo inteiro!? Como é que que poderia parecer com um homem que passou a vida procurando o segredo de como transformar metais em ouro?

Raymond Lulle: Sim, sim, eu sei muito bem do que estou falando. Depois de todas essas belas coisas de que se gaba, você se apaixonou por um jovem que não a amava. Sacrificou por ele essa magnífica construção com que poderia ter obtido tanta glória; e as cinzas de Mausolo que bebeu não foram remédio suficiente para uma nova paixão.

Artemísia: Não sabia que você estava tão bem informado dos meus assuntos. Essa parte da minha vida é pouco conhecida e não supunha que fosse do conhecimento de ninguém.

Raymond Lulle: Admitirá então que os nossos destinos têm algo em comum: o fato de sermos honrados sem merecimento. No seu caso, acreditarem que foi sempre fiel à memória do marido; no meu, que realizei a Grande Obra.

Artemísia: Admito, sem problemas. O público foi feito para ser iludido em muita coisa. Devemos tirar proveito dos nossos talentos." (p.310-8.)

A lealdade de Artemísia e sua devoção ao marido morto são aqui apresentadas como mera ilusão. Esse ponto de vista é partilhado por uma série de escritores franceses do século XVII. Por exemplo, Scudéry evoca Artemísia num de seus poemas como o modelo e paradigma do luto mas adverte para o suposto caso com um amante mais jovem: "Epigrama para a Senhora Princesa Herdeira / Sobre a morte do Senhor seu marido. / Imitai Artemísia na fidelidade, / Eternizai a memória do esposo / Num grande Monumento de soberba beleza / Cujo Modelo apresento aqui, / Mas não a sua perda de clareza, / E sede mais constante, sendo já mais bela." *Poésies diverses*, I (Paris: Nizet, 1983), 154; a tradução é minha.

Nos seus *Dialogues sur l'éloquence* (Paris: Gallimard, 1983), Fénelon critica duramente a utilização da figura de Artemísia pelo discurso cristão e sua identificação com figuras religiosas cristãs: "Não o vedes, senhor? Com que propósito bancar o agradável em assunto tão medonho e divertir o ouvinte com o relato profano da dor de Artemísia, quando se deveria trovejar e não apresentar senão imagens terríveis da morte?" (p.6.) Em *La Manière de bien penser dans les ouvrages d'esprit* (Amsterdã, 1705), D. Bouhours faz uma interessante descrição de Artemísia e do coração: "Salerius Maximus, falando de Artemísia, que bebeu as cinzas funerárias do marido, chamou-a de fato uma tumba viva; e um homem galante do nosso século, ainda mais ilustre por seu valor e virtude que por suas obras, ergueu como mausoléu para a Rainha Mãe Ana da Áustria uma Pirâmide de corações ardentes com estas palavras em espanhol: *Asi Sepultada no es muerta*" (p.218-9). E para uma discussão do destino de Artemísia no final do século XVII e sua ambígua condição de paradigma do luto, assim como uma crítica da análise de Cícero sobre o luto da rainha de Halicarnasso, ver o verbete a ela dedicado por Bayle no seu *Dictionnaire historique et critique* (Genebra: Slatkine Reprints, 1969, [1697]), II, 474-7. Ver também meu texto "Du bom usage du deuil: Le cas d'Artémise", *Le Genre humain*, edição especial sobre "Les Bons sentiments", 29 (1995), 139-48.

16. Todas as referências a La Ceppède são a *Les Théorèmes sur le Sacré Mystère de notre Rédemption, reproduction de l'édition de Toulouse de 1613-1622*. Prefácio de Jean Rousset (Genebra: Droz, 1966). As traduções do texto para o inglês são minhas.

17. Ver a respeito Yves Congar, *Études d'ecclésiologie médiévale* (Londres: Variorum Reprints, 1983), p. 152-5 e 170-3.

18. Esse soneto explicativo está no final do volume de La Ceppède em uma coletânea de poemas intitulada *La Muse grecque, latine et française sur les "Théorèmes" de Messire Jean de la Ceppède*.

19. A atração pela Eucaristia é com freqüência associada ao desejo de vê-la, mas também ao seu odor: "A esposa do Cristo, compelida pelo *odor* desse sacramento vivificante, da infância até o fim da vida teve o desejo de ver a santa hóstia." Isso é enfatizado no relato das visões e ensinamentos de Dorotéia de Montau por John Marienwerder, citado por C. Bynum, *Holy Feast and Holy Fast* (Berkeley: University of California Press, 1987), p.55. Para uma análise geral do papel da Eucaristia na Idade Média, ver Miri Rubin, *Corpus Christi* (Cambridge: Cambridge University Press, 1991). Nos *Théorèmes* de La Ceppède há um soneto (III, C) que aborda as relações entre o odor, o coração e o sepulcro do Cristo: "Jamais viu essa pedra oca no seu interior / Um cadáver, ela é virgem, é nova, eis / Porque ao meu Cristo (que toda a natureza / Em pureza ultrapassa) dar pura morada. // Mas por que aloé e mirra em profusão / A embalsamar um corpo que não apodrece? / Por que tanto perfume? A que sua exalação / Serve, qual sua precisão, em tal sepultura? // Para aprender a perfumar o coração / Semeai pensamentos e desejos que o lixo / Vençam e ao morto dêem venerável túmulo. // Único defunto que os desejos perfuma, / Com vossas graças, grande Deus, favorecei-me, / Para que no coração vos possa inumar."

20. Citado por Janet Tibbetts Schulenburg, "The Heroics of Virginity", em *Women in the Middle Ages and the Renaissance*, org. Mary Beth Rose (Syracuse, NY: Syracuse University Press, 1986), p.42.

21. A evocação das figuras de Josué e Caleb deve sua origem a Gregório de Nissa, *De vita Moys* [392], *Vie de Moïse* na tradução francesa (Paris: Albin Michel, 1993), p. 148: "Mas Moisés, não dando ouvidos aos discursos contrários, fiou naquele que trazia boas novas sobre a terra. Ora, Josué era o líder dos que traziam boas novas, apoiando com sua autoridade a fé nas coisas prometidas. Virando-se para ele, Moisés tinha a firme esperança de um bom futuro, vendo uma indicação das delícias da terra na vinha que Josué trazia suspensa em varas. Ouvindo Josué, que nos fala do país e da vinha suspensa, vê-se como Moisés fortaleceu suas esperanças. Que é na verdade a vinha suspensa senão aquela dos últimos dias, cujo sangue se torna bebida da salvação para aqueles que crêem? Assim Moisés prenuncia enigmaticamente que eles 'bebiam vinho, o sangue da uva', que representa a Paixão salutar."

NOTAS AO CAPÍTULO QUATRO (p.81-92)

1. *Bestiary*, Manuscrito Harleyano 3244, Museu Britânico, citado em H. Williams, *Sacred Elephant* (Londres: Jonathan J. Cape, 1984), p.163.

2. Todas as referências a São Francisco de Sales, quando não de outra forma indicado, são às *Oeuvres* (Paris: Gallimard, 1969).

3. *Introduction à la vie devote*, em *Oeuvres*, p.240. As traduções inglesas são de *Introduction to the Devout Life*, org. e trad. John K. Ryan (Nova York: Vintage Books, 1966), p.226.

4. São Francisco de Sales cita direto a *História natural* de Plínio. Seleciona porém o trecho que destaca a lealdade e o limitado apetite sexual do elefante. Eis o texto de Plínio na íntegra: "É também por pudor que só se acasalam em segredo [*pudore numquam nisi in abdito coeunt*]: o macho reproduz aos cinco anos, a fêmea aos dez. Esta só se deixa cobrir uma vez a cada dois anos e, dizem, por apenas cinco dias, não mais: no sexto, os casais se

banham num rio, só se reunindo à manada depois disso. Desconhecem o adultério e não travam disputas mortais pelas fêmeas como outros animais; não por ignorarem o poder do amor, pois sabe-se do elefante que se apaixonou por uma mercadora de coroas – e não pensem que foi escolhida ao acaso: era a favorita do célebre gramático Aristófanes. Outro elefante enamorou-se de Menandro, jovem de Siracusa que serviu no exército de Ptolomeu, e quando não o via manifestava sua tristeza recusando-se a comer. Juba conta que uma perfumista também foi amada por um deles. Todos deram provas de sua afeição: alegria ao ver a pessoa amada, carícias inocentes, chuva de moedas – recebidas e guardadas – no colo da pessoa querida. De resto, nada há de espantoso em animais dotados de memória serem capazes também de apego." (Plínio, o Velho, *Histoire naturelle*, trad. A. Ernout. Paris: Belles Lettres, 1952, VIII: V: 13, 27-8.)

Fica claro que São Francisco omitiu os trechos que definem o elefante como amante ou pelo menos um animal dotado de desejo; só fala também do comportamento do elefante macho, desprezando inteiramente a aliá e o comportamento dos casais. Na literatura clássica sobre o elefante, o ciúme desse animal raramente é discutido. O que vemos, em vez disso, são descrições de casos em que um elefante apaixona-se por uma mulher. Além disso, a aliá curiosamente não aparece na maioria dos textos clássicos sobre elefantes. Em *De natura animalium* (VIII, 17), Aélio descreve casos de ciúme entre os elefantes. Para um estudo geral das representações clássicas do elefante, ver H.H. Scullard, *The Elephant in the Greek and the Roman World* (Ithaca, NY: Cornell University Press, 1974). O furor dos elefantes é examinado por F. Edgerton, *The Elephant-Lore of the Hindus: The Elephant-Sport [Matanga-Lila] of Milakantha* (New Haven, Conn.: Yale University Press, 1931). Sobre o furor e o simbolismo sexual do elefante, ver Wendy Doniger O'Flaherty, *Women, Androgynes, and Other Mythical Beasts* (Chicago: University of Chicago Press, 1980). Sobre a relação entre o elefante e a memória, ver Charles Malamoud, *Cuire le monde* (Paris: La Découverte, 1989).

5. *Instruction sur le mariage* (Lyon, 1683), p.89.

6. *Traité de l'amour de Dieu*, em *Oeuvres*, p.627.

7. *Saint Bernard*, org. E. Gilson (Paris: Presses Universitaires de France, 1949), p.217. Tradução do autor.

8. *Introductin à la vie devote*, op. cit., p.217. *Le Coeur mangé* faz eco a esse texto ao descrever a decisão dos pais de Crisele em casá-la com Rogat: "Você acha que essas paixões legítimas podem ser postas de lado como um vestido e que suas vontades cativas possam ser tratadas como se livres fossem? Mas supomos que não devem ter nenhuma inclinação, nenhuma escolha além da vontade dos pais – antes isso fosse tão fácil quanto o é dizê-lo, mas a experiência mostra que tais proposições não têm sempre a conclusão que se pensa. Quer guiar animais que são vendidos ou alugados a qualquer um? Empurra-os para o precipício e quer que se controlem, faz pressão e quer que fiquem indiferentes, lança-os ao fogo e não quer que sintam as chamas? Toma-os por Pirálides, que vivem nas fornalhas sem se consumir?" (31-32)

9. Villars de Montfaucon (1635-1673), *Le Comte de Gabalis ou Entretiens sur les sciences secrètes* (Londres: B. Lintott e E. Curll, 1714), p.128; tradução do autor. A imagem da borboleta representando o impulso da alma mística é comum a todas as tradições religiosas. Um exemplo tirado de fonte muçulmana pode ser encontrado em Louis Massignon, *La Passion d'al'Hallaj* (Paris: Gallimard, 1975, t.1, p.61. Trad. americana de Herbet Mason, *The Passion of al-Hallaj*, Princeton University Press, 1982, II, 54): "Ora, saiba que Mansur Hallaj, Deus o tenha na sua misericórdia, se encontrava na audiência de Sua gloriosa majestade como borboleta diante da vela. A falena que vê uma vela à noite imagina que é um astro luminoso e para ela se dirige, lançando-se ao fogo para sentir todo o brilho; mas de repente se queima, sem conseguir reter uma partícula de luz, e cai, chamuscada, ante o círio; percebe então sua impotência e confessa: 'Eu, que pensei ser alguém diante da claridade, sei agora que nada sou.' E, assim que reconhece sua impotência, abre os olhos e vê que o topo da vela se abateu e caiu aos seus pés. Quer dizer, no momento em que reconheceu sua pequenez

e se humilhou, atingiu sua Meta. Da mesma forma, Hallaj imaginou que era alguém na audiência da Divindade quando percebeu sua claridade. Mas, queimado, reconheceu sua pequenez e dessa forma atingiu sua Meta." (Do *Kitab anis al-jalis wa nadim al-ra'is*, de Abu'l-Farj Nahrawli.)

10. Sobre os *Attraits* de Binet, ver Henri Bremond, *Histoire littéraire du sentiment religieux en France* (Paris: Armand Colin, 1968).

11. *Des Attraits tout puissants de l'amour de Jésus-Christ* (Paris, 1631), p.549. Traduções do autor.

12. Ibid., p. 560. Essa relação entre a Virgem e a Eucaristia reflete um comentário de Gregório de Nissa em *De vita Moys*: "Mas o corpo desse pão [o maná] não é produzido pelo plantio ou o trabalho. A terra, sem qualquer alteração, viu-se coberta do divino alimento de que se servem os que têm fome: o mistério da Virgem, que nos é antecipado por este milagre. Este pão, que não é produto da terra, é também palavra." (104)

13. Ver, por exemplo, Charles Perrault, *Parallèle des Anciens et des Modernes* (Genebra: Slatkine Reprints, 1979, [1697]), I, 234 e II, 164-5.

14. Marivaux, *Journaux et oeuvres diverses* (Paris: Classiques Garnier, 1988), p.56-72.

15. Ibid., p.68-70; tradução minha.

16. A história é precedida por uma série de capítulos voltados para a descrição e análise do que Sales chama de "efeito supremo do amor afetivo" ("suprême effet de l'amour affectif"), isto é, a morte dos amantes místicos: "O amor sagrado é de fato tão violento que causa a separação entre corpo e alma, levando os amantes a uma morte tão feliz que vale mais de cem vidas." *Traité de l'amour de Dieu*, p.690.

17. Na verdade, a história assinala uma volta a uma rica tradição da hagiografia medieval.

18. A história combina uma série de elementos amplamente disseminados na literatura medieval. Para um estudo literário geral, ver Marie Anne Polo de Beaulieu, "La légende du coeur inscrit dans la littérature religieuse et didactique", em *Le CUER au Moyen Age* (Aix: Presses Universitaires d'Aix, 1991), p.299-312. O conto faz uma remontagem de textos que relatam as visitas de nobres e cavaleiros à Terra Santa assim como as vidas dos santos, especialmente as de Santo Inácio de Antioquia e São Bernardino de Siena.

19. A inscrição evoca a história da morte de Santo Inácio: "Lemos ainda que Santo Inácio, em meio a tantos tormentos, invocou incessantemente o nome de Jesus Cristo. Quando seus torturadores lhe perguntaram por que repetia tanto esse nome, disse: 'Tenho esse nome inscrito no coração. Por isso não posso parar de invocá-lo.' Ora, após a sua morte, os que o ouviram quiseram certificar-se do que dissera; arrancaram-lhe então o coração, cortaram-no ao meio e encontraram dentro essas palavras gravadas em letras douradas: Jesus Cristo." Jacques de Voragine, *La Légende dorée* (Paris: Garnier-Flammarion, 1970, [1264]), I, p.187. A tradução é minha.

20. A conclusão do *Traité de l'amour de Dieu* enfatiza o papel central do coração e sua relação com a Paixão para o místico: "E finalmente, para concluir, a Morte e Paixão de Nosso Senhor são o mais doce e violento motivo que pode animar nossos corações nesta vida mortal; e é verdade que as abelhas místicas fazem o mais excelente mel nas chagas desse *Leão da tribo de Judá* cuja garganta foi cortada, que foi feito em pedaços no monte Calvário; e os filhos da Cruz se alegram com o problema admirável que carregam e que o mundo não compreende: que pela morte, devoradora de tudo, vem o alimento da nossa consolação." (970-1)

NOTAS AO CAPÍTULO CINCO (p.93-101)

1. São Boaventura, *Les Six jours de la Création*, trad. Marc Ozilou (Paris: Desclée/Cerf, 1991), I, 19-20, 112-3. Tradução minha.

2. Adrien Baillet, *Vie de Monsieur Descartes* (Paris: La Table Ronde, 1946, [1692]), p.11. Tradução minha.

3. *Moralistes du XVIIème siècle*, org. Jean Lafond (Paris: Robert Laffont, 1992), p.232-3. Traduções do autor.

4. La Rochefoucauld, na *Advertência ao leitor* que abre a primeira edição das *Máximas*, tenta situar mas também distanciar suas *Reflexões* dos escritos dos padres da Igreja. Apresentando a carta que acompanha essa advertência, sustenta que ela "basta para mostrar que [as *Máximas*] são apenas o resumo de uma moral conforme ao pensamento de vários padres da Igreja". *Moralistes*, p.232.

5. *Moralistes*, p.350-1.

Bibliografia selecionada

Abraham, N. e M. Torok, *L'Écorce et le noyau*. Paris: Aubier-Flammarion, 1978.

Adam, Antoine, *Histoire de la littérature française au* XVIIème *siècle*. Paris: Editions Mondiales, 1962.

Agostinho, Santo, *A cidade de Deus*. Petrópolis: Vozes, 1991.

Agrippa d'Aubigné, *Les Tragiques*. Paris: Garnier-Flammarion, 1968.

Andry, F., *Recherches sur le coeur et le foie considérés aux points de vue littéraire, médico-historique, symbolique, etc.* Paris, 1858.

Ariès, Philippe. *L'Homme devant la mort*. Paris: Seuil, 1977. Trad. ing. Helen Weaver, *The Hour of Our Death*. Nova York: Vintage Books, 1982.

Aristóteles, *De motu animalium*, trad. Martha Nussbaum. Princeton, NJ: Princeton University Press, 1978. *Le Mouvement des animaux*, trad. P. Louis. Paris: Les Belles Lettres, 1973.

Bacon, Francis, *The Essays*, org. e intr. John Pitcher. Nova York: Penguin, 1985.

Baillet, Adrien, *Vie de Monsieur Descartes*. Paris: La Table Ronde, 1946 (1692).

Bayle, P., *Dictionnaire critique et historique*. Genebra: Slatkine Reprints [1697+], 1969.

Beaujeu, Renaut de, *Le Lai d'Ignaure ou lai du prisonnier*, org. Rita Lejeune. Bruxelas: Palais des Académies, 1938.

Benveniste, Émile, *Vocabulaire des institutions indo-européennes*. Paris: Minuit, 1969.

Binet, Etienne, *Des attraits touts pouissants de l'amour de Jésus-Christ*. Paris, 1631.

Blackman, A.M., *The Literature of the Ancient Egyptians*. Nova York: Arno Books, 1977.

Boaventura, São, *Les Six Jours de la Création*, trad. M. Ozilou. Paris: Desclée/Le Cerf, 1991.

Boccaccio, G., *De casibus virorum illustrium*, trad. L. Brewer Hall, *The Fates of Illustrious Men*. Nova York: Ungar Press, 1965.

——— *The Decameron*, trad. John Payne, org. e rev. Charles Singelton. Berkeley: University of California Press, 1982.

Bodenstedt, M.I., *The "Vita Christi" of Ludolphus the Carthusian*. Washington: Catholic University Press, 1944.

Bouhours, D., *La Manière de bien penser dans les ouvrages d' esprit*. Amsterdã, 1705.

Boyadijan, N., *Le Coeur. Son histoire, son symbolisme, son iconographie et ses maladies*. Anvers: Esco Books, 1980.

Brémond, H., *Histoire littéraire du sentiment religieux en France*. Paris: Armand Colin, 1967.

Burkert, W., *Homo Necans. The Anthropology of Ancient Greek Sacrificial Ritual and Myth*, trad. Peter Bing. Berkeley: University of California Press, 1983 [1972].

Bynum, Caroline, *Holy Feast and Holy Fast.* Berkeley: University of California Press, 1987. (Trad. francesa: *Jeûnes et festins sacrés.* Paris: Cerf, 1994.)

Camus, Jean-Pierre, *Homélies des Etats généraux* (1615), org. Jean Descrains. Paris: Droz, 1970

——— *Les Ocurrences remarquables* (1628).

——— *L'Amphithéâtre sanglant* (1630).

——— *La Tour des miroirs* (1631).

——— *Les Leçons exemplaires* (1632).

——— *Le Verger historique* (1644).

——— Les Rencontres funestes (1644).

——— *Le Bouquet d'histoires agréables* (1662).

——— *Les Spectacles d'horreur où se découvrent plusieurs effets de notre siècle. Avec une introduction de René Godenne.* Genebra: Slatkine Reprints, 1973. (Dessa obra faz parte *Le Coeur mangé*, reed. em *Dom Carlos et autres nouvelles françaises du XVII*ᵉ *siècle*, org. R. Guichemerre. Paris: Folio Gallimard, 1995.)

Chandlery, S. J., *Friends and Apostles of the Sacred Heart of Jesus.* Nova York, 1915.

Cícero, *Tusculan Disputations.* Cambridge, Mass.: Harvard University Press/Loeb Classical Library, 1971. (*Tusculanes.* Paris: Les Belles Lettres, 1970.)

Collet, J., *La Dévotion au Sacré Coeur de Jésus établie et réduite en pratique.* Paris, 1770.

Congar, Y., *Études d'ecclésiologie médiévale.* Londres: Variorum Reprints, 1983.

Croiset, S.-J., *La Dévotion au Sacré Coeur.* Lyon, 1741.

Dante, *La vita nouva. Edizione nazionale delle opere di Dante*, vol.I, org. M. Barbi. Florença: Bemporad, 1932.

Delatte, A., *La Catapromancie et ses dérivés.* Paris, 1932.

Dentzer, J.-M., *Le Motif du banquet couchet dans le Proche-Orient et le Monde grec du V*ᵉ *au IV*ᵉ *siècle av. J.-C.* Paris: École française de Rome, 1982.

Detienne, M., *Dionysos mis à mort.* Paris: Gallimard, 1978.

Doré, A., *Les Sacrés Coeurs et le vénérable Jean Eudes.* Paris: Hachette, 1891.

Doresse, J., "Le Coeur et les anciens Égyptiens", em *Etudes carmélitaines*, nº29, 1950.

Dubois, E., "Some interpretations of the notion of *coeur* in 17th-century France", em *Seventeenth-Century French Studies*, IX, 1987.

Dufau, P., *Trésor du Sacré Coeur de Jésus*, 8 vols. Bruxelas, 1870.

Edgerton, F., *The Elephant-Lore of the Hindus: The Elephant-Sport [Matanga-Lila] of Milakantha.* New Haven: Yale University Press, 1931.

Erman, A., *Die Literatur der Aegypter.* Leipzig: J.C. Heinrichs, 1923.

Favret, R., *Trente Nouvelles de Jean-Pierre Camus.* Paris: Vrin, 1977.

Fénelon, *Oeuvres*, org. J. Le Brun, t. 1. Paris: Gallimard, 1983.

Ferguson, G., *Signs and Symbols in Christian Art.* Nova York: Oxford University Press, 1966.

Fontenelle, B. le B., *Nouveaux dialogues des mortes.* Paris: Marcel Didier, 1971 [1683]. (*Dialogue des morts*, nas *Oeuvres complètes*, vol.2. Paris, 1818.)

Francisco de Sales, São, *Introduction à la vie dévote*, em *Oeuvres.* Paris: Gallimard, 1969. (Trad. americana John K. Ryan, org., *Introduction to the Devout Life.* Nova York: Vintage Books, 1966.)

Furley, David F., *Galen's On Respiration and the Arteries.* Princeton, NJ: Princeton University Press, 1984.

Fustel de Coulanges, *La Cité antique*, pref. F. Hartog. Paris: Garnier-Flammarion, 1984 (1864). (*The Ancient City*. Baltimore: Johns Hopkins University Press, 1980).

Godenne, R., *Histoire de la nouvelle française aux XVIIe et XVIIIe siècles*. Genebra: Droz, 1970.

Gregório de Nissa, São, *De vita Moys* [392]. Trad. francesa de J. Daniélou, *Vie de Moïse*, apres. J.-Y. Leloup. Paris: Albin Michel, 1993.

Gregório de Tours, São, *Histoire des Francs*, trad. J.J.E. Roy. Paris: Gallimard, 1970. (Trad. americana de Lewis Thorperk, *History of the Franks*. Nova York: Penguin, 1974.)

Guiraud, P., *Sémiologie de la sexualité*. Paris: Payot, 1978.

Hadot, P., "Le Mythe de Narcisse et son interprétation par Plotin", *Nouvelle Revue de psychanalyse*, nº13. Paris: Gallimard, 1976.

Hainsworth, G., *Les "Novelas ejemplares" de Cervantes en France au XVIIe siècle*. Paris: Champion, 1933.

Harris, C.R.S., *The Heart and the Vascular System in Ancient Greek Medicine*. Nova York: Osford University Press, 1973.

Harrison, R.P., *The Body of Beatrice*. Baltimore: Johns Hopkins University Press, 1988.

Hyde, T., *The Poetic Theology of Love*. Newark, NJ: Rutgers University Press, 1986.

Instruction sur le mariage. Lyon, 1683.

Irineu de Lyon, Santo, *Adversus haereses* (*Contra as heresias*). Paris: Le Cerf, 1991. *The Anti-Nicene Fathers*, vol.1, 1987 (para o fragmento 16).

Jeanneret, M., *A Feast of Words*. Chicago: Chicago University Press, 1991.

Kantorowicz, Ernst, *The King's Two Bodies: A Study in Medieval Political Theology*. Princeton, NJ: Princeton University Press, 1957. (Trad. francesa J.-P. e N. Genet, *Les Deux Corps du Roi: essai sur la théologie politique au Moyen Age*. Paris: Gallimard, 1989.)

Keller, J., *The Sacred Heart*. Nova York, 1899.

La Ceppède, *Les Théorèmes sur le Sacré Mystère de notre Rédemption*, reprodução da edição de Toulouse de 1613-22, pref. Jean Rousset. Genebra: Droz, 1966.

Lafond, Jean, org., *Moralistes du XVIIe siècle*. Paris: Laffont, 1992.

"Le coeur", *Études Carmélitaines*, nº 29, 1950.

Le Coeur mangé. Récits érotiques et courtois des XIIe et XIIIe siècles, org. C.I. Gagnebet. Paris: Stock, 1979.

Le Goff, Jacques, *Pour un autre Moyen Age. Temps, travail et culture en Occident*. Paris: Gallimard, 1977.

Lefebvre, Gustave, *Romans et contes égyptiens de l'époque pharaonique*. Paris: Maisonneuve, 1949.

Lestringant, Frank, "Catholiques et cannibales. Le thème du cannibalisme dans le discours protestant au temps des guerres de religion", em *Pratiques et discours alimentaires en la Renaissance*. Paris: Maisonneuve et Larose, 1982.

Lewinshon, R, *Histoire entière du coeur. Erotisme. Symbolisme. Chirurgie. Phisiologie. Psychologie*. Paris: Plon, 1962.

Lichtheim, Miriam, *Ancient Egyptian Literature*, vol.II. Berkeley: University of California Press, 1976.

Malaise, Michel, *Les Scarabées de coeur dans l'Egypte ancienne*. Bruxelas: Fondation Egyptologique Reine Elisabeth, 1978.

Malamoud, Charles, *Cuire le monde: rite et pensée dans l'Inde ancienne*. Paris: La Découverte, 1989.

Marivaux, P., *Journaux et oeuvres diverses*. Paris: Garnier, 1988.

Maspero, G., *Les Contes populaires de l'Égypte ancienne*. Paris: Maisonneuve, 1911.

Massignon, Louis, *La Passion d'al-Hallaj*. Paris: Gallimard, 1975. (Trad. americana Herbert Mason, *The Passion of al-Hallaj*. Princeton, NJ: Princeton University Press, 1982.)

Matzke, John E., "The Legend of the Eaten Heart". *Modern Language Notes*, 26: 1 (1911).

Montaigne, *Essais*. Paris: Presses Universitaires de France, 1965.

Montfaucon, Villars de, *Le Comte de Gabalis ou Entretiens sur les Sciences secrètes*. Londres: B. Lintott e E. Curll, 1742.

Muscatine, Charles, *The Old French Fabliaux*. New Haven: Yale University Press, 1986.

Nolan, B., "The *Vita Nuova*: Dante's Book of Revelation", *Dante Studies*, nº 88, 1970.

Nietzsche, Friedrich, *Le Gai savoir* (*A gaia ciência*). Paris: Folio Gallimard, 1990.

O'Flaherty, W.D., *Women, Androgynes and Other Mythical Beasts*. Chicago: Chicago University Press, 1980.

Paris, G., "Le Conte du trésor du roi Rhampsinite", *Revue d'Histoire des Religions*, nº 55, 1907.

Patzig, H., *Zur Geschichte des Herzmäre*. Berlim, 1891.

Pépin, J., "Plotin et le miroir de Dionysos". *Revue Internationale de Philosophie*, nº 24, 1970.

——— *Théologie cosmique et théologie chrétienne*. Paris: Presses Universitaires de France, 1964.

Perrault, Charles, *Les Hommes illustres*. Paris: Antoine Dezallier, 1696.

——— *Parallèle des Anciens et des Modernes*, 4 vols. Paris: J.B. Coignard. 1697. (Genebra: Slatkine Reprints, 1979.)

Petrovits, J.J., *Theology of the Cult of the Sacred Heart*. Washington: Catholic University Press, 1917.

Piankoff, A., *Le Coeur dans les textes égyptiens depuis l'Ancien Empire jusqu'à la fin du Nouvel Empire*. Paris: Presses Universitaires de France, 1930.

Plínio, *Histoire naturelle*. Paris: Les Belles Lettres, 1952.

Plotino, *On Beauty*. Cambridge, Mass.: Harvard University Press/Loeb Classical Library, 1966. (*Du beau, les Ennéades*, t.1. Paris: Les Belles Lettres, 1924.)

Plutarco, *Moralia III*. Cambridge, Mass.: Harvard University Press/Loeb Classical Library, 1969. (*Oeuvres morales*, XII. Paris: Les Belles Lettres, 1976.)

Polo de Beaulieu, M.-A., "La Légende du coeur inscrit dans la littérature religieuse et didactique", em *Le Coeur au Moyen Age*. Aix-en-Provence: Presses Universitaires d'Aix-en-Provence, 1991.

Proclo, *Commentary on Plato's Parmenides*, trad. G.R. Morrow e J. M. Dillon. Princeton, NJ: Princeton University Press, 1987. (*Commentaire sur* Parmenide *de Platon*. Paris: Leroux, 1900.)

Réau, L., *Iconographie de l'art chrétien*, 6 vols. Paris: Presses Universitaires de France, 1955-59.

Rivière Dufresny, Charles, *Amusements sérieux et comiques*. Paris, 1629.

Rose, Mary Beth, org., *Women in the Middle Ages and the Renaissance*. Syracuse, NY: Syracuse University Press, 1986.

Rubin, Miri, *Corpus Christi*. Cambridge: Cambridge University Press, 1991.

Saint Bernard, org. E. Gilson. Paris: Presses Universitaires de France, 1949.

Sauvy, A., *Le Miroir du coeur*. Paris: Le Cerf, 1989.

Scudéry, G., *Poésies diverses*, I. Paris: Nizet, 1983.

Scullard, H.H., *The Elephant in the Greek and the Roman World*. Ithaca, NY: Cornell University Press, 1974.

Serrault, *De l'usage des passions* (1641), reed. em *Corpus des oeuvres de philosophie en langue française*, Fayard, 1987.

Simpson, William Kelly, org., *The Literature of Ancient Egypt: An Anthology of Stories, Instructions, and Poetry*. New Haven: Yale University Press, 1972.

Sozzi, Lionello, org., *La Nouvelle française à la Renaissance*. Genebra: Slatkine, 1981.

Spivak, G. C., "Finding Feminist Readings: Dante-Yeats". *Social Text*, 2, 1980.

Torok, A., (ver Abraham, N.)

Vauchez, André, *La Sainteté en Occident aux derniers siècles du Moyen Age*. Paris: École Française de Rome, 1981.

Vernant, J.-P., *L'Individu, la mort, l'amour en Grèce ancienne*. Paris: Gallimard, 1989.

Voragine, Jacques de, *La Légende dorée* (1264). Paris: Garnier-Flammarion, 1970.

Wallace, Howard N., *The Eden Narrative. Harvard Semitic Monographs*. Atlanta: Scholars' Press, 1985.

West, M. L., *The Orphic Poems*. Nova York: Oxford University Press, 1983.

Williams, H., *Sacred Elephant*. Londres: Jonathan J. Cape, 1984.

Índice remissivo

Este livro foi composto pela Textos & Formas, em Bembo, e impresso por Hamburg Gráfica Editora em agosto de 1999.